国家出版基金项目
NATIONAL PUBLICATION FOUNDATION

文學論略

章太炎◎著

山西出版傳媒集團
山西人民出版社

圖書在版編目(CIP)數據

文學論畧 / 章太炎著. －太原： 山西人民出版社，2014.12
(近代名家散佚學術著作叢刊 / 許嘉璐主編)
ISBN 978-7-203-08704-5

Ⅰ. ①文… Ⅱ. ①章… Ⅲ. ①中國文學－古典文學研究 Ⅳ. ①I206.2

中國版本圖書館CIP數據核字(2014)第290001號

文學論畧

主　　編　許嘉璐
著　　者　章太炎
責任編輯　梁晉華
助理編輯　張　潔

出 版 者　山西出版傳媒集團·山西人民出版社
地　　址　太原市建設南路21號
郵　　編　030012
發行營銷　0351-4922220　4955996　4956039
　　　　　0351-4922127(傳真)　4956038(郵購)
E-mail　sxskcb@163.com　發行部
　　　　　sxskcb@126.com　總編室
網　　址　www.sxskcb.com

經 銷 者　山西出版傳媒集團·山西人民出版社
承 印 廠　山西出版傳媒集團·山西人民印刷有限責任公司

開　　本　700mm×970mm　1/16
印　　張　6.25
字　　數　55千字
印　　數　1—3000冊
版　　次　2014年12月　第1版
印　　次　2014年12月　第1次印刷
書　　號　ISBN 978-7-203-08704-5
定　　價　15.00圓

《近代名家散佚學術著作叢刊》編委會

出版説明

近代名家散佚學術著作叢刊選取一九四九年以後未再刊行之近代名家學術著作共一百二十册，編例如次：

一、本叢書遴選之著作在相關學術領域具有一定的代表性，在學術研究方向、方法上獨具特色。

二、爲避免重新排印時出錯，本叢書原本原貌影印出版。影印之底本皆經專家組審定，原書字體大小，排版格式均未做大的改變，原書之序言、附注皆予保留。

三、本叢書分爲八大類，以作者生卒年編次。

四、爲使叢書體例一致，本叢書前言後記均采用繁體字排版。

五、個別頁碼較少的版本，爲方便裝幀和閱讀，進行了合訂。

六、少數學術著作原書内容有個別破損之處，編者以不改變版本内容爲前提，部分進行修補，難以修復之處保留缺損原狀。

七、原版書中個別錯訛之處，皆照原樣影印，未做修改。

八、所選版本之抽印本頁碼標注，起始至所終頁碼均照原樣影印，未重新編排標注新頁碼。

由於叢書規模較大，不足之處，殷切期待方家指正。

總序／

披沙瀝金，以爲鏡鑒

◇許嘉璐

多年來有一個問題始終在我腦中盤桓：爲什麼在十九世紀末到二十世紀初，在短短的幾十年裏，中國的各個學術領域竟涌現了那麼多大師級的人物？這是中國近代史上一個極爲重要的現象，我認爲，如果不能給出令人滿意的答案，我們撰寫的近代學術史將是不完整的，甚至是缺乏靈魂的。後來我知道，著名人類學家克羅伯曾提出過一個問題：爲什麼天才成群地來？看來這種現象的出現並非中國所獨有，思考其所以然的也大有人在。而在那一次世紀之交中國的情況，似乎應驗了「天才成群地來」這個令克氏久久不解的疑問。錢學森先生曾從相反的方向提出了相同的疑問：爲什麼我們這個時代出現不了杰出人才？後來人們稱這個問題爲「錢學森之謎」。

要回答這些疑問不是件容易的事。與其迅速地囫圇地探尋，不如先多了解那些讓中國近代學術（應該包括人文科學和自然科學）史上閃耀着光輝的大師們的作品和自述，從而在腦海里盡量「復原」他們所處的環境和在那種環境下的心理路徑，從中或許可以得到一些啓示。

有一點是顯然的，這就是他們雖然都已遠離塵世而去，但是他們獨立思考的品性、求知治學的真誠、困厄窮愁中對節操的堅守，恐怕是他們共同的主觀因素，一直影響到現在，而且將會永遠留存下去。

就思想界、學術界而言，二十世紀上半葉是一個新説和舊説碰撞，中學和西學融匯的大時代。那時的學人極爲重視言行操守，同時具備現代知識分子的理想信念；他們的學術研究十分純浄，絶少功利因素；他們的視界開闊，以包容的心態和嚴謹的風格造就了成果的大氣與厚重。至於在客觀因素一面，他們實際是在用工業化時代的事實解説着太史公所説的名山之作「大抵聖賢發憤之所爲作」，困厄苦難使得他們「皆意有所鬱結」。這種鬱結，幾乎和個人的名利毫無牽涉，他們永遠不能釋懷的，是民族的存亡、國運的興衰、民衆的福禍和文脈的續斷。

那個時代也是近代歷史上最大規模的中西古今學術調適、創新的時期，學術方法上的交互滲透和融合、創新亦可謂「於斯爲盛」。斯時之學人是要在封閉的屋墻上鑿出窗子的勇士，是使人能够看看外部世界的第一批導夫先路者；或者可以説，他們是在「意有所鬱結」時「彷徨」和「吶喊」的「狂人」。

相對於那時的哲人們，後來者是幸運兒。現在的形勢是，近三十年來學界空前繁榮，衆多學科有了長足之進，其中很重要的一點是學界有了更新穎、更廣闊的國際視野，似乎接續上了百年前的學壇盛事。但細想想，「古」與「今」還是有差别的。其异，主要不在於世界情勢、學術進展、工具改善這些客觀存在，而在於在廣泛吸收各國優長的同時，自身文化的主體性越來越受到重視，换言之，「拿來主義」已經延長了「拿來」的程序，加上了試用、甄别、篩選、吸收、融合、成長。就我孤陋所見，在當今地球上，面向所有異質文明，努力汲取我之所缺，其範圍之大和心態之切，似乎無出中國之右者。從這個角度説，我們已經超越了前輩。但是事情還有另外一面，學術，特别是人文學科，其職業化、「沙龍化」和功利性，以及隨之而來的浮躁病却嚴重了。從這個角度説，是不是我們已經後退得够可以的了？而這是不是我們這個時代出不了大師的原因之一呢？

民國學術界的特點之一是極爲注重對傳統的反省、批判與繼承。他們對傳統文化盡最大的努力進行整理和研究。一方面，由於戰亂頻仍，民不聊生，學者們擔起了讓中華文化薪火相傳的歷史責任；另一方面，他們要通過對中國傳統文化的整理，挖掘來重振民族自信心。這一時期對傳統文化進行整理的全面而深入是前所未有的，舉凡文字學、語言學、經濟學、法學、哲學、政治制度、書法繪畫、金石學……規模之宏大，研究之精微，令人嘆爲觀止。

民國學術推動了現代學科體系的建立。在對傳統文化整理和研究的基礎上，吸收西方的文化思想和理念，推動和建立了中國現代學科體系。例如，在對語言文字和音韵學成果進行整理、研究的基礎上開始着手規範之，建立了國語學；深入研究書法、國畫，將其融入了現代美術學科；在廢除舊有學制後逐步建立起小、中、大學較完整的科目和學科體系。

民國學術也改變了傳統學術方式，建立了新的研究範式。以現代科學考古爲發端，科研的實踐和成果使中國知識界真正認識到在實驗、比較基礎上的邏輯分析對學術研究的重要，推進了中國學術的一大演變。至於我們常説的打破士大夫傳統、走出書齋到田野鄉村和市民中進行調查研究、結束了經學時代、以歷史眼光檢視儒學和諸子等等，都是確立新學術範式的努力。這一轉變，也標誌着中國學術界脱胎换骨，全面進入了現代，爲此後的學術發展奠定了堅實的基礎。當然，西方啓蒙運動以來，在「現代性」和「現代化」裏潛伏着的缺陷和謬誤也傳到了中國，這些不能不在前哲的著作裏留下痕迹。這並不奇怪。類似的情况，古往今來孰能免之？猶如今天的我們，誰敢自稱我之所見就是永恒的真理？在這個問題上兩個時代所異者，或許就在昔時大家創立新説或譯註西學著作，往往是懷着對學術和前哲的敬畏而爲之，故而常常誤不在我；當今則往往出於對學問和他人的輕蔑，或以所研究的對象爲謀己的工具，因而難辭主觀之咎吧。翻閲他們的心血之作，這些復雜的狀況可以顯見，可以視之爲我們的一面鏡子。

滄海桑田，世事變幻，歷史的動盪和時代的遮蔽，使當年許多大師的一些極有價值的學術著作被棄於故紙堆中，不能不令人有遺珠之憾。爲此，山西人民出版社不惜以數年之艱辛，披沙瀝金，編輯出版這套近代名家散佚學術著作叢刊，凡一百二十册，計文學、史學、政治與法律、美學與文藝理論、民族風俗、宗教與哲學、經濟、語言文獻共八大類別。所選皆爲作者之純學術著作，無論是其見解、精神，抑或是其時代烙印，都是後輩學人可資借鑒的寶貴財富。他們出版這套叢書，意在讓世人不忘來程，知篳路藍縷之不易，爲民族文化的傳承再增薪木。

出版社的初衷，與我近年來所思所慮近似，故願略述淺見於書端，以與策劃者、編輯者和讀者共勉。

二〇一四年七月六日

改定於自安東回京途中

前言／猛回頭，那支支紅燭

——二十三種民國文學研究著作概覽

◇梁歸智

「視爾夢夢，天胡此醉？於時處處，人亦有言！」

此聯乃北京宣南（宣武門外舊城區）北半截胡同四十一號中「莽蒼蒼齋」楹聯。齋主何人乎？即戊戌變法失敗而捐軀之「六君子」中翹楚譚嗣同字復生號壯飛者也。慈禧太后發動政變，逮捕維新黨人，友人勸譚嗣同逃避，他堅辭曰：「外國變法未有不流血者，中國變法流血請自嗣同始。」乃於一八九八年九月二十四日被捕，繼而遇害於菜市口。臨刑前仍大呼曰：「有心殺賊，無力回天；死得其所，快哉！快哉！」

自此而後，果然爲變法——改變社會制度而流血不止，一九一一年十月十日辛亥革命成功，中國歷史上最後一個封建王朝被推翻，一九一二年一月一日中華民國成立。然餘波未息，新瀾迭起，袁世凱竊國，張勛復辟，北洋軍閥混戰，國民黨軍北伐，中國共産黨成立，國共爭鋒，時而合作，時而破裂，日本入侵，八年抗戰，勝利後繼以三年內戰，終於以一九四九年十月一日建立中華人民共和國而告一大段落。

從一九一二年一月一日到一九四九年十月一日，凡三十八年，此即「民國」時段也。

三十八年過去，彈指一揮間。戰焰紛飛，生靈涂炭，歷史真是「相斫書」！而文明的燭火，點點簇簇，飄曳閃爍於如磐夜氣之中，雖遭暴風，遇疾雨，而終不熄不滅。其中最具象徵性的事件，乃一八九七年二月二十一日在上海成立之商務印書館，於一九三二年一月二十九日遭日本侵略軍針對性轟炸，占全國出版量百分之五十二的出版巨頭損失一千六百三十萬元，百分之八十以上資産被毀，其所屬東方圖書館同時被炸，四十五萬册圖書化作劫灰，其中有無數古籍善本、孤本！日軍侵滬司令鹽澤幸一狂吠：「炸毀閘北幾條街，一年半就可恢復，只有把商務印書館、東方圖書館這個中國最重要的文化機關焚毀了，牠則永遠不能恢復。」而劫難後的商務印書館，懸掛出「爲國難而犧牲，爲文化而奮鬥！」的巨幅標語，經半年即宣告復業，實現了「日出一書」的奇迹。

由於歷史演變的吊詭，民國時期的出版物，在一九四九年以後的中國大陸，大多數遭遇了被遺忘的命運，沉埋於少數圖書館的塵封角落。斗轉星移，時來運轉，二十一世紀進入了第二個十年，山西人民出版社推出這套叢書，遴選民國出版的若干學術精品，分學科編纂，蔚爲盛事大觀。此分卷是對中國文學（主要是古典文學）的研究，共二十三種。下面對這二十三種書籍作一個概覽性的介紹。

先看這些書的作者。生年不明者毋論外，出生最早的當屬韓柳文研究法的撰者林紓，他誕生於一八五二年（清文宗咸豐二年），卒於一九二四年（民國十三年——一九一二年爲中華民國元年）。出生最晚的是陶淵明批評的作者蕭望卿，誕生於一九一七年（民國六年）。這二十位作者中，一些是後來成爲大家的著名人物，林紓之外，有大學者徐珂、章太炎、陳寅恪、呂思勉、陸侃如、周貽白、趙景深，著名作家蕭乾等。此外的作者，則屬於有一定學術建樹或僅留下少量著述的文化人。

從作品看，這二十三種著作有某一種文學或某個人作品的分論，如詩經之女性的研究、曹子建詩的研究，也有某一長時段的文學史或文藝理論性質的概説，如清代詞學概論、中國戲劇小史。其中陸侃如三種，趙景深兩種；而陳寅恪和蕭望卿的兩種著作研究對象相同而又篇幅短小，合爲一册；陸侃如有兩種合爲一册。故，這裏一共有二十位作者的二十三種著述，却是二十一册文本。

分册介紹述評，是按照著作内容所關涉之中國文學史發展綫索的先後爲序？還是以研究者的情況或者書册的寫作出版先後爲序？却是一個頗讓人躊躇的問題。因爲近四十年的民國，正是中國社會從傳統向近現代激烈轉型的時段，不僅作者的思想認識，書册的觀點立場，而且連書寫的語言文風，都存在鮮明的古今遞嬗演變的痕迹。經考量，决定采取折衷的立場，即基本上按照文學史發展的脈絡綫索，先概説性著作，後專題性研究，同時顧及其他因素，將徐珂、林紓、章太炎的三種以文言文表述的著述放在最後予以推介月旦，也算是對横跨清王朝與民國兩代之文化先驅者的致敬。

中國文學小史，作者趙景深，生於一九〇二年，卒於一九八五年，主要以元雜劇、宋元南戲和古典小説的輯佚考證而名世，代表性著作爲曲論初探、宋元戲曲本事、宋元南戲考略、中國小説叢考等。這本中國文學小史是他二十多歲時的作品，上海的大光書局出版，後再版重印，達二十次之多。他於一九三六年寫「十九版序」，這樣説道：「十年前，我跟隨着新文學浪漫運動的巨潮向前推動，當時我充滿了熱情和詩趣，喜歡説一點帶有情感的話，喜歡像做詩一樣的寫文章。……也許讀者們這樣的愛讀這本小書，使牠達到十九版，清華大學入學考試且曾指定此書爲唯一的參考書，大約都是爲了牠使人讀起來不至於十分頭痛吧？」

以西方的學科意識而撰述「中國文學史」，二十世紀以始，共有數百本。第一本中國文學史爲何人所寫？或曰英國人，或曰日本人，或曰俄國人。中國人自己最早撰寫的中國文學史，一般認爲乃林傳甲一九〇四年撰中國文學史，黄人（黄摩西）亦於同年撰同名之書。林著是在當年之京師大學堂即後來之北京大學撰成，黄著是在當年之東吴大學即後來之蘇州大學撰成，歷史演變的軌迹斑斑俱在。趙景深的這本「小史」，名副其實，牠篇幅很小，如作者自表，「我只是寫一本中國文學的常識；或者，我是在説一個故事」。其特色不在學術含量的全備高深，而在簡略概約，蜻蜓點水，却時見談言微中；同時文風清麗活潑，很適於普及。

中國文學小史凡三十五節，第一節「緒論」，第二節「詩經」，第三節「屈原宋玉」，第三十四節「清代的詩文」，第三十五節「最近的中國文學」。從詩經、楚辭始，司馬相如和司馬遷，曹氏父子，陶淵明與謝靈運，唐詩，宋詞，元曲，明清的小說、傳奇和詩文，面面俱到，而最後一節，更有聞一多、汪靜之等的詩歌，郁達夫、魯迅等的小說，田漢、丁西林等的戲劇，周作人、朱自清等的散文等。

比起今日的文學史經典著作，此書自然不可能在材料的全備準確和學理的系統精深方面爭勝，但其特色也頗堪注目，即那時還沒有後來的一些教條框架，因而一些說法能讓人眼前一亮，細想也頗堪玩味。如論到李白和杜甫的同異，這樣對比：

李白：南方化、仙品、出世、浪漫、受道家影響、才、情、樂自然；

杜甫：北方化、聖品、入世、寫實、本儒教見地、學、性、泣時事。

與後來的經典化定位大同小異，而更加言簡意賅，同時還有一些生動的表述，如這樣談論李白：「我們也曾想像到一個眸子炯然，腰束玉帶，身穿宮錦袍，在采石磯邊狂歌於船頭的詩人麼？這便是天才豪放的李白。」後面對李杜的「優劣」也一語到位：「李白是樂天的，杜甫是悲觀的。」「他們兩人作風如此不同，當然我們不能分出優劣來。」比起一九四九年以後幾部文學史的某些教條化論述，以及郭沫若的李白與杜甫之立場偏頗，民國時期學人的思想自由客觀公允躍然紙上。

詩經之女性的研究，謝晉青著。此書曾作爲商務印書館「國學小叢書」、「萬有文庫」而數次出版重印。謝氏生於一八九三年，卒於一九二三年，乃日本留學生、南社社員，另有譯著西洋倫理學史（原作者日本人三浦藤作）。詩經之女性的研究共十節，其實就是對十五國風裏的女性題材特別是愛情婚戀詩歌的思想與藝術分析評價。其「緒論」説：「我這次是想在詩經中，發掘古代婦女問題的，並不是做考據底工作，在意義方面，我們總以詩底本義爲歸宿；那些不可靠的誤解，我們一概不取。在藝術方面，我們總以普遍而真摯的平民主義爲歸宿，那些不自然的附會穿鑿，我們也一概排斥。」「結論」則總結説：「詩經底十五國風，原來存詩一百六十篇，其中經我認爲有關婦女問題的，共計八十五篇。這八十五（篇）詩，若再依性質來區別，那就是：最多的爲戀愛問題詩，其次即爲描寫女性美和女性生活之詩，再其次就是婚姻問題和失戀問題底作品了。爲什麽戀愛問題底作品，占最大的數目呢？這就因爲兩性問題，是在人類生活上，占最重要的地位底證據。」

此書的許多具體分析賞鑒相當細緻，頗能體現民國以來西方推崇女性張揚人性思潮對古典文學研究的影響，一九四九年以後中國文學史中的相關評述，傾向立場，實承其緒。

有關楚辭的著作，共選有兩種：陸侃如屈原與宋玉、何天行楚辭作於漢代考。

陸侃如，生於一九〇三年，卒於一九七八年，是二十世紀五六十年代中國著名古典文學專家，他與夫人馮沅君合著之中國詩史是開創性的著作。此外撰有樂府古辭考、陸侃如古典文學論文集、中國文學史簡編、中國古典文學簡史，及與高亨合著楚辭選，與牟世金合著文心雕龍選譯、劉勰論創作、劉勰與文心雕龍等。屈原與宋玉是在他的處女作屈原、宋玉基礎上整合而成，却也算得上這一研究領域初具規模的「集大成」之作。書共六節：一、引論；二、屈原的生平；三、屈原的作品；四、宋玉的生平；五、宋玉的作品；六、餘論。最後列「參考書目」，自王逸楚辭章句、洪興祖楚辭補注、朱熹楚辭集注以下凡四十種。可以說，後來關於楚辭研究的許多重要問題都已經有所體現或涉及，算得上是此領域近現代研究的一冊早期代表性著作。

楚辭作於漢代考的作者何天行生於一九一三年，卒於一九八六年，對浙江遠古文化——良渚文化的發掘考證有重要貢獻，出版有杭縣良渚鎮之石器與黑陶，是著名的考古學著作。楚辭作於漢代考受當時顧頡剛疑古學派的影響，論證楚辭各篇皆作於漢代，離騷的作者是淮南王劉安。這種觀點是楚辭研究中的一家之言，後來朱東潤也持相近觀點。楚辭作於漢代考的寫作曾受到蔡元培的鼓勵，完成於抗日戰爭發生前夕，作爲一種歷史痕迹，於楚辭學的演變具有參考價值。

漢代詞賦之發達，商務印書館一九三五年出版，其作者金秬香，生平待考，他另有駢文概論一書，爲商務「萬有文庫」第一集中叢書，則金氏乃當時知名文化人無疑。漢代詞賦之發達共十章，對漢賦作了比較全面的考察研究，其第一章「辭字之解釋」辨析「辭」與「詞」字義語源的來龍去脈，認爲「楚辭漢賦」中「辭」應作「詞」，故全書行文，皆稱「詞賦」。其後各章，對「賦字之定義」、「詞賦之源流」、「詞賦之作用」、「詞賦之分析」、「漢代詞賦之所由盛」、「漢代詞賦之所由衰」、「漢代詞賦發達之原因」、「漢代詞賦之種類」、「漢代詞賦之變遷」分別討論，漢代重要詞賦作家作品多已涉及，全書行文爲淺近文言。由於詞句多古僻，深入研討漢賦者歷來不多，此書可視爲漢賦研究的早期圭臬。

陸侃如樂府古辭考，完成於一九二五年，商務印書館一九三〇年出版，堪稱是對漢樂府研究的開山之作。共八章，依次爲：一、引言；二、郊廟歌；三、燕郊歌；四、舞曲；五、鼓吹曲；六、橫吹曲；七、相和歌；八、清商曲。序例有云：「樂府是中國文學史上很重要的材料。但是研究起來，較詩經楚辭爲難，因爲没有適當的參考書。……近來研究詩經楚辭的人很多，但很少有人研究樂府的。這本小冊子的問世，便是希望能引起讀者對於樂府的興趣，大家來作湛深的研究，使樂府的真價值不致永久的湮没。」雖是「小册子」，而能於漢樂府爬梳史料，清理源流，辨析考鑒，確有開闢之功，後來的研究者，實受其惠。

此册還另有陸侃如的一篇論文左思練都考，北京大學出版部一九四八年出版，乃對西晉詩人左思撰寫三都賦搆思十年的傳統説法提出异議，認爲「事實上三都賦的搆思恐怕超過二十年」，引證古籍，分析辯駁，是一篇專門的考證文章。

原廣州師範學院院長陳一百，生於一九〇九年，卒於一九九三年，是一位教育家。其所著曹子建詩研究於一九四〇年由上海三通書局出版，一九七一年香港大地出版社再版。書分上下篇，上篇包括曹植傳略、曹子建集的傳本考略、曹植詩歌的情感、後世諸家對曹植的評論；下篇兩部分，分别是曹植詩選讀和曹植樂府選讀，文末附有清代學者丁晏的魏陳思王年譜。此書也算對曹植其人其詩的一種早期研究的痕迹，可供後來者借鑒參考。

陶淵明之思想與清談之關係、陶淵明批評二書篇幅不大，故合爲一册。前者爲陳寅恪的一篇論文，燕京大學哈佛燕京社一九四五年出版；後者爲蕭望卿著，開明書店一九四七年出版。陳寅恪生於一八九〇年，卒於一九六九年，是名震遐邇的文史大師，毋庸多介。蕭望卿生於一九一七年，卒於二〇〇六年，曾先後於西南聯大和清華大學深造，並與聞一多、朱自清、沈從文等大家交往密切，一九四九年後任教於河北師範學院中文系，述而不作，僅有此陶淵明批評傳世。

陶淵明之思想與清談之關係不愧名家名作，條理清明，言簡義豐，實爲後世研陶之先驅。文章首先追溯從漢末、魏到晉的「清談」之風，「然則當時諸人名教與自然主張之互異即是自身政治立場之不同，乃實際問題，非止玄想而已」。「略述淵明之前魏晉以來清談發展演變之歷程既竟，茲方論淵明之思想，蓋必如是，乃可認識其特殊之見解，與思想史上之地位也。」再討論陶淵明與佛教徒慧遠等頗有交往，而其思想不染佛風，乃因爲「蓋其平生保持陶氏世傳之天師道信仰，雖服膺儒術，而不歸命釋迦也」。同時，陶淵明「自以曾祖晉世宰輔，恥復屈身異代」，他的「自然」思想，「與當日實際政治有關，不僅是抽象玄理無疑也」。

最後論定陶淵明作爲思想家的崇高地位：「淵明之思想爲承襲魏晉清談演變之結果及依據其家世信仰道教之自然説而創改之新自然説。……不似舊自然説之養此有形之生命，或別學神仙，惟求融合精神於運化之中，即與大自然爲一體。……故淵明之爲人實外儒而内道，捨釋迦而宗天師者也。推其造詣所極，殆與千年後之道教採取禪宗學説以改進其教義者，頗有近似之處。然則就其舊義革新，『孤明先發』而論，實爲吾國中古時代之大思想家，豈僅文學品節居古今之第一流，爲世所共知者而已哉！」

陶淵明批評共三章：陶淵明歷史的影像、陶淵明四言詩歌論、陶淵明五言詩的藝術。這本書是文學史角度的陶淵明專論，與陳寅恪的思想論合而觀之，可謂陶淵明的「全影」，一九四九年後陶淵明研究的輪廓理路，其實皆在其籠罩之下。

此書前有朱自清的序，言短義豐，對陶淵明批評的價值貢獻，可謂已經説盡。陶淵明「詩最少，可是各家議論最紛紜。考證方面且不提，只説批評一面，歷代的意見也够歧異够有趣的。本書『歷史的影像』一章頗能扼要的指出這種演變。在這紛紜的議論之下，要自出心裁獨創一見是很難的。但這是一個重新估定價值的時代，對於一切傳統，我們要重新加以分析和綜合，用這時代的語言，重新表現出來。本書批評陶詩，用的正是現代的語言，一鱗一爪的，雖然不是全豹，表現着陶詩給予現代的我們的影像。這就與從前人不同了。」「本書二三章專論陶詩的作風和藝術，不厭其詳。從前人論陶詩，以爲『質直』『平淡』，就不從這方面鑽研進去。但『質直』『平淡』，也有個所以然，不該含胡了事。本書詳人所略，便是這方面的努力。」「陶淵明的創獲是在五言詩。本書說『到他手裏，才是更廣泛的將日常生活詩化』，又說他『用比較接近說話的語言』，是很得要領的。」「歷來評論者推崇他的五言詩，因而也推崇他的四言詩，那是有所蔽的偏見。本書論四言詩一章，大膽的打破了這個偏見，分別詳盡的評價各篇的詩。」

陶淵明之思想與清談之關係用文言行文，簡潔清雅；陶淵明批評則是生動活潑的白話文，沒有一九四九年後的八股教條氣味。今天的人閱讀起來，也感到很親切的。

唐代文學史，陳子展著。陳氏生於一八九八年，卒於一九九〇年，一九三三年起一直任教於復旦大學，以詩經直解、楚辭直解名世。唐代文學史於一九四四年由作家書屋（姚蓬子在上海開的書店）出版，一九四七年重印，共八章，分別是：一、說到唐代文學；二、初唐詩人；三、盛唐詩人；四、中唐詩人；五、晚唐詩人；六、古文運動；七、唐人小說；八、晚唐五代詞人。對整個唐代文學，作了梳理概述，篇幅不長，內容全面，可以視爲後來中國文學史唐代文學部分的早期代表作。其中的說法，今天看來自然不新鮮，放在當年的時代背景下，則頗可稱道。如論李白與杜甫的優劣：

> 可見一個肯自命爲狂者，一個不諱言爲腐儒。一個抱超世主義，源於道家思想；一個抱淑世主義，源於儒家思想。一個幻想超昇仙境，一個不忍離開君國。總之，他們的作品都是他們自己生命純真的表白。
>
> 大抵李杜於詩的手法上，一個側重自然，一個側重雕飾。風格上一個豪放飄逸，一個沈（即「沉」）鬱頓挫。各有各的價值，各有各的生命。

商務印書館「國學小叢書」有顧彭年杜甫詩裏的非戰思想，一九二八年出版，一九三三年重印，據作者序言，書完稿於一九二五年。商務印書館「萬有文庫」中又有顧氏現代歐美市制大綱一書，一九三〇年出版。此外知道他從事過新體詩的翻譯與創作，其餘生卒年和生平等則概不清楚。杜甫詩裏的非戰思想共五章加一個附録：一、緒言；二、杜甫傳；三、杜甫的時代；四、杜甫以前及他同時代的反對戰爭的思想與作品；五、杜甫詩的非戰思想；附録：杜甫時代重要之戰爭與叛亂年表。

杜甫爲「詩聖」，杜詩乃「詩史」，歷來研究繁夥。此書以「非戰思想」爲中心主題，表現出明顯的時代印記。如作者自序中所云：「迨江浙戰爭發生後，作者對於戰爭的惡魔的面龐益認識清楚，這位大詩人的非戰作品，也就愈加湧現在我的腦際了，但因戰爭的驚擾，屢次遷徙，心如蝴蝶，如浮萍，飄蕩無定，不克專心於此，直到逼近年節，始把牠修改好，字數已比初稿增加了一倍以上。」今日之杜甫研究成果已經汗牛充棟，而此册小書，仍於讀者開卷有益，在於戰爭之兇惡痛苦，人類仍未能完全消弭避免。而此書感同身受的寫法，就不僅是一本研究著作的影響了。其緒言末段的感慨最能傳達不以時代變遷而更改的情愫：「我們所處的時代與杜甫的時代有不少的地方相類似；環境的艱險比他的有過之無不及；我們的兄弟，所流的血泪，所受的凌辱與壓迫與騷擾，比他的時代的人更甚；但當今能代表時代的作品有幾？能真切的表現自己所處的環境的佳制有幾？具有完整，聖潔，毅勇，偉大的人格而爲民衆呼吁的詩人安在？」

唐人詩中所見當時婦女生活，作家書屋一九四七年出版。作者劉開榮，一九三五年考入金陵女子文理學院中文系，一九四一年畢業，一九四三年完成此書。劉開榮後來又去燕京大學歷史系深造，在陳寅恪指導下完成唐代小説研究，一九四七年商務印書館出版，一九五〇年再版，一九五三年三版，臺灣亦曾三次重版。

唐人詩中所見當時婦女生活書前除作者自序外，尚有華西大學華西週刊主編陳國樺序、陳中凡序及華西大學英文系外教費爾樸序。陳國樺序末署「（民國）三十二年二月十二日序於華西大學」；陳中凡序末署「民國三十二年一月二十五日」、「成都華西壩廣益學舍」，費爾樸序末署「一九四三年春」、「於四川成都」，而劉開榮自序末署「（民國）三十二年一月二十二日於華西壩」，是則其時劉開榮與陳中凡俱任教於華西大學。書之正文共九章：一、引論；二、勞動婦女（上）；三、勞動婦女（下）；四、民間一般婦女的日常生活；五、民間一般婦女的精神生活；六、妓女生活；七、宮庭婦女及貴族婦女生活；八、女冠子生活；九、結論。

陳國樺序有云：「處在中國抗建（即抗戰與建設——引者）的現階段，如欲建設新中國，必須動員二萬萬多女同胞的力量，共同參與偉大的建設工作。著者劉開榮君寫成此書，實無异提出婦女解放的問題，請大家重新加以嚴肅的考慮，因爲唐代的婦女生活，又何異於現代的婦女生活呢？」

陳中凡序則說：「我以爲此文可以作爲唐代婦女史看。因爲我國古代史家專紀帝王名臣的史績，至今中國史書有帝王家譜之譏。社會上廣大群衆反被擯於史書領域以外，真是憾事。今讀此文，方知道史家所忽略的東西，詩人乃一唱三歎，反復申詠。只要後人加以探討，就可以把當日被壓迫的一般婦女實際情形，畢露無遺。」

費爾樸序（英文，劉開榮譯成漢語）贊美：「本書作者劉開榮女士，本人會詩，也善爲富有詩意的散文，可以説是給近代的文學寶庫添上了一幅生動的圖畫——一幅女人的美麗的夢景。『唐代的光榮』不但包括有金漆的畫棟和迴廊，光彩奪目的瓷器，以及吴道子的山水名畫，并且有琳琅滿目的辭林文苑，裏面活躍地呈現着宮庭裏莊嚴的婦女，也舞動着詩人們生花的筆尖。」

劉開榮的自序中則如是説：「本書的目的，不是要研究某一人某一事，而是要像一個攝影專家，把唐人詩中所反映的當時婦女生活的斷片，一一剪下來，拚在一起，使人一看便可得到一個個鳥瞰。所以凡能對當時的婦女生活，給一綫光明或一絲暗示的詩料，作者都不肯割捨。尤其關於佔有人精神生活一大部份的兩性間的言情談愛的記載，作者更要把它赤裸裸地呈現在讀者的面前，讓讀者進到他們的精神世界裏面去，不再襲用以往的成見，把君臣的關係拉扯上去，加以牽强附會的解釋了。」

可見這册書，無論作者與評者，都更注重其對「新婦女觀」的弘揚，而於唐代文學研究的價值反而在其次。劉開榮身爲女性，於有關女性的詩作更容易心有戚戚焉。這自然也受當日西學日漸張揚女權等社會情境、時代風氣和思潮的影響。今日的讀者，則更注重其學術層面的價值。如陳汝潔説：「有人説劉開榮的這本書實踐了陳寅恪先生的『以詩證史』的思想，我仔細讀了之後，覺得劉著與陳寅恪先生的元白詩箋證稿相比，還是差别較大的。陳著箋釋元白詩，往往證之以史籍，能使人明了詩中所寫何者爲史實何者爲虚構。在陳來説，『以詩證史』又何嘗不是『以史證詩』。而通過『以史證詩』所揭示出的元白詩中的今典，對讀者理解元白詩具有重要作用。以注釋來説，能注出今典比注明古典難度要大。寅恪先生在元白詩箋證稿中揭示了大量今典，因難能而可貴。而劉著在全書中很少涉及當時的史籍，所以讀後讓人覺得是她從全唐詩中分類披檢關乎婦女詩作，費了不少工夫而欠了一點功力，無法望陳著項背。但劉著是一部有趣的書，她把唐詩中關於婦女的詩作檢索、排比出來，讓人知道唐詩中的這一類。倘若她能够進一步讓讀者知道詩中所寫的這些婦女生活，哪些合於唐代史實哪些是詩人虚構，那該多好！不過，從書名來看，她大約認定唐代詩歌中所寫即是當時社會中所有，真的嗎？我認爲這需要證明。」

清代婦女文學史，一九二七年二月中華書局初版，一九三二年十二月再版，共十七萬五千字。作者梁乙真，河北獲鹿人，生於一九〇〇年，一九二五年後就讀於上海南方大學，卒年及生平不詳。除清代婦女文學史外，尚著有中國文學史話、中國民族文學史、中國婦女文學史和元明散曲小史。

清代婦女文學史共列舉了漢、滿閨閣名媛、娼門、女冠、難女、乞丐女性作者三百餘人。内容目録爲：第一編明清兩朝婦女之極盛時期；第二編清代婦女文學之極盛時期（上）；第三編清代婦女文學之極盛時期（下）；第四編清代婦女文學之衰落時期；第五編清代婦女文學雜述。

書前有王蘊章序、王燦芝序和自序，書末附録清代婦女著作家表及人名索引。此書受謝無量中國婦女文學史啓發和影響，但後來居上。王蘊章和王燦芝都給予較高評價。當代女性文學研究者也頗加青目，評論其重視女性張揚女權的思想意義高於文學史意義。所謂二十世紀三部女性文學史梁乙真居其二。

宋代文學，吕思勉著。吕氏生於一八八四年，卒於一九五七年，是著名歷史學家，其中國通史、秦漢史、讀史札記等都是史學名著。這册宋代文學一九二九年由商務印書館出版，共六章，分别是：一、概説；二、宋代之古文；三、宋代之駢文；四、宋代之詩；五、宋代之詞曲；六、宋代之小説。

此書行文用淺近文言，梳理宋代各體文學的代表作家、演變發展脈絡相當全面，可視爲宋代文學史的早期代表作。其觀點議論，具有二十世紀早期的清明樸實，非如後來受各種所謂「範式」拘限者。如論三蘇之文：蘇洵「筆力堅勁，自以老泉爲最。然老泉好縱横家言，恒以權譎自喜，而其言實不可用。故其議論，多有不中理者」。蘇軾「則見解較老泉爲高。雖亦不脱縱横之習，然絶去作用處，時或近於道家。非如老泉一味以權術自矜也。尤妙在能以明顯之筆達之。晚年文字，則心手相忘，獨立千載」。蘇轍「氣象不如其父兄之雄奇；才思横溢，亦非乃兄之敵。然議論在三家中最爲平正，文亦較有夷然澹蕩之致，則亦非父兄所能也」。宋代文學專設駢文一章，也是後來的文學史一般所忽略的。

中國詞史大綱，胡雲翼著。胡氏生於一九〇六年，卒於一九六五年，曾於中學、大學任教，後爲上海中華書局、商務印書館編輯，於唐宋詩詞研究深湛，有宋詞研究、宋詩研究、宋詞選、唐詩研究等著作行世，影響頗大。中國詞史大綱，北新書局（創立於北京，後遷上海）一九三五年出版。此書分兩編，第一編爲「唐五代詞」，共九章，第二編爲「北宋詞」，共十四章，共録詞人凡五十七家。

此書爲近代意義上對詞這一形式溯波追源之較早學術著作，也可以説是研究宋詞的早期經典。其論詞與詩之區別云：「長短句的歌詞在文人的社會裏確立以後，牠的發展漸漸地把不甚協樂的律絶詩壓倒了。我們看樂曲裏面的長命女、烏夜啼、漁夫詞、長相思、江南春、步虚詞、鳳歸雲、離別難、金縷曲、水調歌、白苧等調，最初都是用五七言絶句歌詞，後來都改用長短句的歌詞了。中唐詩人還有寫律絶詩給樂工伶妓們去唱，到晚唐竟失掉歌詩之法，只有長短句的歌詞了。這不顯明的是：長短句的歌詞藉着在音樂上的便利，把整整的歌詩打倒了嗎？」詞的興盛在音樂這一歷史的核心問題，如此明白曉暢地揭示了出來。

詞的歷史分期，此後的文學史，都以中國詞史大綱的説法爲準，如北宋詞的演變：「歷史的發展，則可分爲四個時期：第一個時期是小詞的時期，以晏殊、歐陽修、晏幾道諸人爲主幹；第二個時期是慢詞的時期，以柳永、秦觀諸人爲主幹；第三個時期是詩人的詞的時期，以蘇軾、黄庭堅諸人爲主幹；第四個時期是樂府詞復興的時期，以周邦彦、李清照諸人爲主幹。」與後來的文學史相較，中國詞史大綱没有「婉約派」「局限於個人趣味」，「豪放派」「關注國家社會」「積極入世」一類意識形態評論語言，更顯學術性的單純。

趙景深著宋元戲文本事，北新書局一九三四年出版，但其完成於一九二三年六月。這是對宋元南戲研究的篳路藍縷之作，其開闢之功永耀史册。作者在自序中説：「這一本小書的目的是想把已佚的宋元戲文輯録出來，作爲研讀中國文學的一個參考；爲了恐怕專載佚文太枯燥，斷簡殘篇湊在一起也令人有丈二金剛之感，於是也附一點本事，把殘文貫串起來，使得讀者看這一本書不像是摹（即『摩』）挲古董，而像是在讀幾篇很有趣味的短篇小說。」

書共九章，輯自南九宮譜、新編南九宮詞、雍熙樂府、九宮大成南北詞宮譜，內容包括：一、王煥和王魁；二、陳巡檢梅嶺失妻；三、四種戀愛戲文；四、王祥卧冰；五、黃周兩孝子；六、江流和尚；七、僅存三五曲的元代戲文；八、僅存兩曲的元代戲文；九、僅存一曲的元代戲文。

中國戲劇小史，周貽白著。周氏生於一九〇〇年，卒於一九七七年，是著名中國戲曲史家和中國戲曲理論家，還曾經創作並演出話劇作品三十部上下。他首先提出並詳細論證中國戲曲的三大聲腔源流——崑曲、弋陽腔和梆子腔，厥功甚偉。他於一九三六年出版中國戲劇史略和中國劇場史（商務印書館），中國戲劇小史乃在前二書基礎上再加補充修訂，於一九四六年由上海的永祥印書館印出。後來又出版中國戲劇史（一九五三）、中國戲劇史講座（一九五八）、中國戲劇史長編（一九六〇），以及遺著中國戲劇發展史綱要（一九七九），都是以中國戲劇小史爲基礎的。

中國戲劇小史共八章：一、中國戲劇的形成；二、唐宋的戲劇；三、南戲與北劇；四、明代戲劇的概況；五、崑曲與亂彈；六、皮黃劇的勃興；七、文明戲與話劇；八、中國戲劇前途的展望。今天的讀者，要了解中國戲劇發展的歷史，當然有後來居上者的書可讀，但前驅者的貢獻也是不容抹殺的。中國戲劇小史的意義就在這裏。

中國小說的起源及其演變，正中書局（陳果夫一九三一年創立於南京）一九三四年出版，作者胡懷琛。胡氏生於一八八六年，卒於一九三八年，一九三二年被聘爲上海市通志館編纂。他搜集整理一批上海地方史志珍貴資料，卓有貢獻。其藏書以詩文集和課本爲特色，如三字經、百家姓、千字文、千家詩等，收集齊全，劉鶚稱其爲「三百千千」。收集外文書籍和少數民族作者的漢文詩集一千餘種，可惜其藏書在抗戰時多半被日寇炸毀。一九四〇年，其子胡道静將殘餘之書捐獻給了震旦大學。

中國小説的起源及其演變共六章：一、本書説到的範圍；二、小説的起源及小説二字在中國文學上的涵義之變遷；三、中國小説「形」的方面的演變；四、中國小説「質」的方面的演變；五、現代小説；六、研究中國小説參考的書目。第一章開宗明義：「本書所講的，只有兩件事情如下：（一）是中國小説的起源，與小説二字涵義的變遷。（二）是中國小説的演變，並現代小説的標準。」

研究小説者歷來推崇魯迅的中國小説史略和胡適的中國章回小説考證，那自然是開山的典範之作。其後錢静芳小説叢考、蔣瑞藻小説考證等也都功力深湛，卓然有成。本書算得上是一册史論相結合的小説研究著作，在中國小説研究的歷史進程中，雖然不如上述幾種著作那麽經典，却也有其歷史的價值和意義，從「可讀性」來説，則更占優勢。如此書説到中國小説的歷史變化，通俗易懂而能切中肯綮：「由古代的傳説在口上，演變成寫在紙上，這是一變。宋代的説話勃興，這是第二變。宋人的話本，由説給人家聽的，變爲直接給人家看的，這是第三變。紅樓夢、儒林外史等，只是寫的，不是説的，這是第四變。然而『説』和『寫』，仍是同時候存在的，決不是變成後者，前者就消滅了。只不過互有盛衰而已。」

此外説到的一些情况，也頗能讓我們對於歷史的演變，有一種親切的感知。如：「在民國前一二年，有周作人譯的域外小説集，是用文言譯西洋的短篇小説。不過是大失敗了。這失敗並非域外小説集自身不高明，只是和那時候的讀者程度相差太遠。第一不歡喜讀這種無頭無尾的短篇小説，第二不歡喜讀平淡無奇的故事，第三不歡喜這種比較生硬而樸質的文言。結果，這部書當時幾乎没有人知道。」

書評研究，商務印書館一九三五年出版。作者蕭乾生於一九一〇年，卒於一九九九年，是著名翻譯家、作家、富有傳奇色彩的二戰記者，畢業於燕京大學新聞系，後去英國劍橋大學任教並讀碩士學位，一九四三年領取了隨軍記者證，正式成爲大公報的駐外記者，也是二戰時期歐洲戰場的唯一中國記者，一九九五年中國作家協會授予其「抗戰勝利者作家紀念碑」榮譽。三百二十萬字的蕭乾文集包括小説、散文、特寫、回憶録等，譯作莎士比亞戲劇故事集、好兵帥克以及與夫人文潔若合譯的尤利西斯等更是影響巨大久遠。

隨着近現代出版業的發展，書評也逐漸增多，但對這種新型的文學批評樣式作正式的研究，書評研究可以説是拓荒之作。書共八章：一、序論；二、書評家；三、閱讀的藝術；四、批評的基準；五、批評的藝術；六、書評的寫作；七、書評與讀書界；八、附録。此書的核心思想是，書評是有益於社會的嚴肅工作，書評家是具有特殊身份的知識者，代表讀者的鑒定者，文化生産的監督人，而不是庸俗、獻媚的商業廣告商。如：「一切批評都必須基於清澄的理解。批評的公允實即理解深澈的反映。」「書評家寧可改業廣告，永不可用批評的地位作兜售的營生。」「對讀者他服務，却也不侍奉如奴隸。他把讀者看成智力的平等者。他並不武斷地强迫讀者接受他的意見，也不賣弄學問如一塾師。讀者的好惡是受風氣支配的，但他不追隨那風氣，他不固執，却有信仰。」無疑，即使在今天，書評研究仍然有牠的現實針對性和意義。

清代詞學概論，上海大東書局一九二六年出版。其作者徐珂生於一八六九年，卒於一九二八年，爲光緒舉人，袁世凱天津小站練兵時的幕僚，一九〇一年任上海外交報、東方雜誌編輯，後爲商務印書館編輯，其所編纂的清稗類鈔是享譽學林的文史巨著。

清代詞學概論共七章：一、總論；二、派別；三、選本；四、評語；五、詞譜；六、詞韵；七、詞話。作者雖入民國，而其傳統文化教養的底色，濃郁深厚，迥非後來人可比。故此書行文，爲優美洗練的文言，而其對清詞演變脈絡的勾勒，代表性詞人的品評，乃至資料的選録等，都有「個中人」的真知灼見，可謂言簡意賅，高屋建瓴，非後來研究者搬弄西洋「範式」敷衍成文者可及。無疑，此書可列入「學術經典」的行列，不像本選集大多數作品具「過渡轉型」之身份色彩也。

如清代詞學概論評騭「清初之詞」的代表作家，「最著者」爲朱彝尊、陳維崧，「兩人並世齊名」，而前者「情深，所作詞高秀超詣，綿密精美，其蔽爲餖飣」；後者「筆重，所作詞天才艷發，辭鋒横溢，其蔽爲粗率」；「繼之而起名重一時者，實惟納蘭容若。門第才華，直越北宋之晏小山而上之，其詞纏綿婉約，能極其致，南唐墜緒，絶而復續」。再如説清詞之派别：「有清一代之詞，有二大别：一浙派，一常州派，亦猶散體文之有桐城陽湖二派也。」這些基本的定位，都成了後來各種文學史、清詞史祖述的圭臬。再如書中説到「才人之詞」、「學人之詞」、「詞人之詞」的三分法，也直搗黄龍，揭示本質，對後世影響深遠。

韓柳文研究法著者林紓生於一八五二年，卒於一九二四年，堪稱是一位清末民初的文化奇人。他是桐城派散文的殿軍，一點不懂西洋語言文字，僅憑聽人口述，把一百八十多種西方小説翻譯成漢語，成爲向古老中國介紹西方文學的開山人。「林譯小説」，曾經是好幾代人的最愛，用文言表述的漢譯西方小説，成了中西文化交流史上一道奇异的瑰彩。

韓柳文研究法亦是文言文著作，對韓愈和柳宗元的多篇古文逐一評論，細緻深入，作者所持觀點立場，則完全是傳統的儒家思想體系和桐城派衡文的法眼，完全不見西學影響的痕迹。此亦可見所謂民國時段之文化形態，新舊雜陳，多元豐富也。

前有馬其昶（一八五五——一九三〇）短序，馬氏乃桐城派後勁，清史稿之「儒林」、「文苑」卷總纂。其序説與林紓「同客京師，一見相傾倒，别三年，再晤，陵谷遷變矣。而先生著書談文如故，一日出所謂韓柳文研究法見示」。所謂「陵谷遷變」，即指清朝滅亡而民國建立，韓柳文研究法於一九一四年由商務印書館出版，則此書或峻稿於清季。馬其昶贊美林紓「於史漢及唐宋大家文，誦之數十年，說其義，玩其辭，醰醰乎其有味也」。林紓於韓愈、柳宗元的古文沉浸涵泳，所謂「韓氏之文，不佞讀之二十有五年」，則其所得所會，自然和後來接受了西方文藝思想的研究者，無真賞而僅「分析批判」所見大爲不同。

如林紓這樣評析韓愈的文章寫作技巧：「韓氏之能，能詳人之所略，又略人之所詳。常人恒設之籬樊，學韓則障礙爲之空。常人流滑之口吻，學韓則結習爲之除。漢所謂摧陷廓清者，或在是也。」「韓文能抑絕掩蔽，不使自露。不佞久乃覺之。……不善學者，往往因蔽而晦，累掩而澀。……所難者，能於掩蔽中，有淵然之光、蒼然之色，所以成爲昌黎耳。」

再如評柳宗元：「柳州段太尉逸事狀，與昌黎張中丞傳後叙，均洋洋有生氣，亦皆良史之才也。不佞甚惜柳州不爲史官，其寫忠義慷慨處，氣壯而語醇，力偉而光斂，可稱極筆。」「若公在永州，一荒昧不辟之區，必待糞除，其勝始出。是永州之勝，均係諸公之一言。則非極力描摹，山容水態，亦不易流傳於藝苑。集中諸文皆佳，而山水之記，尤爲精絕，雖大同小异，然各有經營。韓公猶望而却步，何論其他。」

文學論略，章太炎著。章太炎生於一八六九年，卒於一九三六年，太炎是號，名炳麟，在小學（語言文字學）、歷史、哲學、政治方面都有卓越貢獻，乃近代的國學大師。我的業師姚奠中先生是章先生最後招收的研究生之一，把對文學論略的評介作爲這一個系列學術著作的「收官」，格外具有意味。

文學論略首發於一九〇五年的四川學報（未完），一九二五年上海的群衆圖書公司出版，一九二六年再版，後來又成爲國故論衡的一部分。文學論略前面有胡適的一篇序，其中的一些話很有意味：

這五十年是中國古文學的結束時期。做這個大結束的人物，很不容易得。恰好有一個章炳麟，真可算是古文學很光榮的結局了。章炳麟是清代學術史的押陣大將，但他又是一個文學家。

他是能實行不分文辭與學説的人，故他講學説理的文章都很有文學的價值。

但他究竟是一個復古的文家。他的復古主義雖能「言之成理」，究竟是一種反背時勢的運動。

總而言之，章炳麟的古文學是五十年來的第一作家，這是無可疑的。但他的成績只够替古文學做一個很光榮的下場，仍舊不能救古文學的必死之症，仍舊不能做到那「取千年朽蠹之餘，反之正則」的盛業。他的弟子也不少，但他的文章却没有傳人。

文學論略開宗明義：「何以謂之文學？以有文字，著於竹帛，故謂之文；論其法式，謂之文學。凡文理，文字，文詞，皆謂之文；而言其采色之煥發，則謂之彣（讀『文』，文采之意）」。這裏的核心思想，即文、史、哲不作絶對區分的「文學」觀念。而這一點，正是中國文化的根蒂，與西方講究分科别類的「科學」文藝學大異其趣。從表面看來，如胡適所批評，章太炎的這種文學觀是「復古主義」，「反背時勢」。胡適在序言結尾説：「章炳麟在文學上的成績與失敗，都給我們一個教訓。他的成績使我們知道文學須有學問與論理做底子，他的失敗使我們知道中國文學的改革須向前進，不可回頭去。」

以五四新文化運動爲起始標誌的「白話文」運動，正是沿着胡適的主張發展前行的，魯迅的「拿來主義」主張也主宰了整個二十世紀的中國文學和文化的走向。我們所評介的民國學術著作，絕大多數也體現了這個方向和主旨。但問題並不是單一的，歷史也是復雜的，如今我們回顧反思，在肯定胡適所説「改革必須向前，不可以回頭去」的歷史合理性一面的同時，也必須正視章太炎的文學主張，蘊含有更深層的中國傳統文化之精義奧旨，而且隨着人類文化在二十一世紀出現的困境，越來越具有啓示意義。單從對文學的認識來説，章太炎標榜的文、史、哲大會通的中國傳統文化的根本立場，也是有其文化深刻性和現實針對性的。

因此，對民國長達四十年時段的學術著作及其體現的思想方向，也不能簡單化地對待，忽視其所體現的歷史走向必然性與新價值的合理性是不對的，過分拔高推崇也有所偏頗。畢竟，那是一個「過渡」、「轉型」的時期，其多數學術文化著作也必然帶有「過渡」、「轉型」的色彩，是「進行時」和「未完成時」，距離「經典」尚有距離。從戊戌變法到辛亥革命到五四運動，一直到一九四九年，泛民國時段（包括其醖釀鋪墊時期）之中國現代化歷程從肇始而前行，歷經曲折，其激烈變化之歷史空隙中艱難産生的學術文化，有其大膽引進勇敢開拓而攝人心魄的一面，也有其嘗試而稚嫩、外來與傳統磨合不甚相契的一面。近世之社會轉型文化轉型乃大勢所趨，民國的學人們做出了艱苦的努力和卓越的貢獻，如何能在吸取世界其他文明滋育的同時，又能使中國傳統文化精粹得以恢弘發揚，再造輝煌，此正民國以來直至今日，中國知識界文化界苦苦思索探尋而歷久彌新之時代課題！

正是在這個意義上，民國的學術著作，這些體現了當日中國文化精英思考、研究、探索中國的社會與國家之現代化轉型的成果，其中的材料等或已經是舊痕陳迹，而其所思考的問題，所探索的思路，所提出的設想，以及這些著作本身的種種成就和不足，對於今天的中國現實，仍然具有攻錯借鑒的意義。他山之石，可以攻玉，何況此本非他山之石，正我山自有之石乎！

欲滅其國族，必先滅其文史。民族的歷史，特别是文化史、思想史、學術史，誠乃一國一族之精魂慧命之所在所基。當年日本侵略者之所以轟炸商務印書館與東方圖書館者，正深諳此理也。而商務印書館鳳凰涅槃浴火重生之艱苦奮鬥，亦未稍懈於斯。

民國語文，也在「轉型」途程中，這些學術著作的文風，大多是一種「尚存文言痕迹的白話文」。今天的青年讀者閲讀起來，也許會有异樣的感覺，但也可謂别具一種風味。而此二十三種著作的作者，絶大多數爲南方人，如浙江、江蘇、湖南、福建等省份，這些著作又大都在上海出版，由此亦可見民國時期文化發展的大情勢。這二十三種著作的二十位作者，當其撰寫著作之時，應該説彼此質素、學養都相差不遠，而其後之發展結局，則有的著作等身成爲大家大師，有的則後勁不足而逐漸湮滅少聞，固然各人機遇運會不同，而個人心志的堅持和努力之有無强弱，無疑是最主要的因素。對今日之學人特别是青年，不也很有啓發意義嗎？

潛入歷史的塵霾中排沙簡金，而選擇出此二十三册著作，並非筆者所爲，因而對此種簡選是否即能代表民國時期文學研究的大體大略，實亦不敢斷言，滄海遺珠或在所難免。而忝膺爲此編叢書作序的重任，惶恐之意，自不待言，管窺蠡測，亂彈胡侃，尚祈盼海内外方家不吝指教。但披閲這些先賢的著述，恰如驀然回首，向幽深的夜，重新點燃支支老紅燭。「紅燭啊！是誰制的蠟——給你軀體？是誰點的火——點着靈魂？」（聞一多紅燭）

點點燭光，明輝熠熠，回顧往昔，瞻望將來，道一聲：願我們的中國，鑒古灼今，發揚傳統精華，吸取五洲營養，漸進改革，持續開放，醒獅昂首，闊步奮行，前程佳美！

二〇一四年四月一日於大連

作者簡介

章太炎（一八六九年—一九三六年），原名學乘，字枚叔，以紀念漢代辭賦家枚乘。後易名爲炳麟。浙江餘杭人，清末民初思想家、著名學者，研究範圍涉及小學、歷史、哲學、政治等等，著述甚豐。

早年接受西方近代機械唯物主義和生物進化論，在他的著作中闡述了西方哲學、社會學和自然科學等方面的新思想、新内容。其思想又受佛教唯識宗和西方近代主觀唯心主義影響。在文學、歷史學、語言學等方面，均有成就。

序論

胡適

這五十年是中國古文學的結束時期。做這個大結束的人物，很不容易得。恰好有一個章炳麟，眞可算是古文學很光榮的結局了。

章炳麟是淸代學術史的押陣大將，但他又是一個文學家。他的國故論衡，檢論，都是古文學的上等作品。這五十年中著書的人沒有一個像他那樣精心結構的；不但這五十年，其實我們可以說這兩千年中只有七八部精心結構，可以稱做「著作」的書，——如文心雕龍，史通，文史通義等，——其餘的只是結集，只是語錄，只是稿本，但不是著作。章炳麟的國故論衡要算是這七八部之中的一部了。他的古文學工夫很深，他又是很富於思想與組織力的，故他的著作在內容與形式兩方面都能「成一家言」。

章氏論文，很多精到的話。他的文學論略（國故論衡中）推翻古來一切狹陋的「文」

論，說『文者，包絡一切著于竹帛者而爲言。』他承認文是起于應用的，是一種代言的工具；一切無句讀的表譜簿錄，和一切有句讀的文辭，並無根本的區別。至於『有韻爲文，無韻爲筆，』和『學說以啓人思，文辭以增人感』的區別，更不能成立了。這種見解，初看去似不重要，其實很有關係。有許多人只爲打不破這種種因襲的區別，故有『應用文』與『美文』的分別；有些人竟說『美文』可以不注重內容；有的人竟說『美文』自成一種高尙不可捉摸，不必求人解的東西，不受常識與論理的裁制！章炳麟說：

> 文字本以代言，其用則有獨至。凡無句讀文，皆文字所專屬者也，以是爲主，故論文學者不得以興會神旨爲上。……知文辭始于表譜簿錄，則修辭立誠，其首也。

又說：

> 不得以感人者爲文辭，不感者爲學說，……學說者，非一往不可感人。凡感于文

言者，在其得我心。是故飲食移味，居處縕愉者，聞勞人之歌，心猶泊然。大愚不靈，無所憤悱者，覩妙論則以爲恆言也。身有疾痛，聞幼眇之音，則感辭隨之矣。心有疑滯，覩辨析之論，則悅懌隨之矣。

他是能實行不分文辭與學說的人，故他講學說理的文章都很有文學的價值。他並不反對桐城派的古文，他的菿漢微言有一段說：

問桐城義法何其隘邪？答曰，此在今日，亦爲有用。何者？明末猥雜佻侻之文霧塞一世，方氏起而廓清之。自是以後，異喙已息，可以不言流派矣。乃至今日而明末之風復作，報章小說，人奉爲宗。幸其流派未亡，相存綱紀，學者守此，不至墮入下流，故可取也。若諦言之，文足達意，遠於鄙倍，可也。有物有則，雅馴近古，是亦足矣。派別安足論？（頁六八）

但他自己論文，却主張回到魏晉。他說：

> 魏晉之文，大體皆卑於漢，獨持論仿彿晚周。氣體雖異，要其守己有度，伐人有序，和理在中，孚尹旁達，可以爲百世師矣。（國故論衡中，論式，頁九四）

爲什麼呢？因爲

> 老莊形名之學，逮魏復作，故其言不牽章句；單篇持論，亦優漢世。（頁九二）

故他以爲

> 持誦文選，不如取三國志，晉書，宋書，弘明集，通典，觀之。縱不能上窺九流，猶勝于滑澤者。（頁九三）

他又說：

> 夫雅而不核，近于誦數，漢人之短也。廉而不節，近於彊鉗；肆而不制，近於流蕩；清而不根，近於草野；唐宋之過也。有其利而無其病者，莫若魏晉（頁九五）

又說：

效唐宋之持論者，利其齒牙，效漢之持論者，多其記誦。斯已給矣。效魏晉之持論者，上不徒守文，下不可禦人以口，必先豫之以學。（同頁）

『必先豫之以學』六個字，談何容易？章炳麟的文章，所以能自成一家，也並非因爲他模倣魏晉，只是因爲他有學問做底子，有論理做骨格。國故論衡裏文章，如原儒，原名，明見，原道，明解故上，語言緣起說，……皆有文學的意味，是古文學裏上品的文章。檢論裏也有許多好文章，如清儒篇，眞是近代難得的文章。

但他究竟是一個復古的文家。他的復古主義雖能『言之成理』，究竟是一種反背時勢的運動。他論文辭，知道文辭始於表譜簿錄，是應用的；但他的文章應用的成蹟比較最少。他對於同時的文人都有點鄙薄的意思（看文錄二，與鄧實書及與人論文書）他自命『將取千年朽蠹之餘，反之正則。』他於近代文人中，只承認『王闓運能盡雅。』有人問他如何能做到古雅的文章，他曾把王闓運做文章的法子來教人。什麽法子呢？原來是先

把意思寫成平常的文章，然後把虛字儘量删去，自然古雅了！他又喜歡用古字來代替通行的字；他自己說，

六書本義，廢置已夙；經籍仍用，通借爲多。舍借用眞，茲爲復始。（檢論五，正名雜義，頁二八）

他不知道荀卿『約定俗成謂之宜』的話乃是正名的要旨，故他這種『復始』的工夫雖然增加了古氣古色，同時便減少了應用的程度。他自己著書，本來有句讀，還可以帮助一般讀者的了解。後來他的門人校刻他的全書，以爲圈讀不古，删去句讀，就更難讀了。他知道文辭以『存質』爲本，他曾說：『文益離質則表象益多，而病亦益篤；』他痛恨那班

庸妄賓僚，謬施塗堲，案一事也，不云『纖悉畢呈』，而云『水落石出』；排一難也，不云『禍胎可絕』，而云『釜底抽薪』。表象既多，鄙倍斯甚！（正名雜義頁一四）

但他那篇訂文（正名雜義乃訂文的附錄）中有句云：『後之林烝，知孟晉者，必修述文

字』，用『孟晉』代求進步，還說得過去；『林烝』二字，比他舉出的『水落石出』『釜底抽薪』，更不通了。

總而言之，章炳麟的古文學是五十年來的第一作家，這是無可疑的。但他的成績只夠替古文學做一個很光榮的下場仍舊不能救古文學的必死之症仍舊不能做到那『取千年朽蠹之餘，反之正則』的盛業。他的弟子也不少，但他的文章却沒有傳人。有一個黃侃學得他的一點形式，但沒有他那『先豫之以學』的內容，故終究只成了一種假古董。章炳麟的文學，我們不能不說他及身而絕了。

章炳麟論韻文，也是一個極端的復古派。他說古今韻文的變遷，頗有歷史的眼光。他說：

吟詠情性，古今所同，而聲律調度異焉。魏文侯聽今樂則不知倦，古樂則臥。故

知數極而遷，雖才士弗能以爲美。（國故論衡中，辨詩，頁九九）

這是很不錯的歷史見解。根據于這個『數極而遷』的觀念，他指出三百篇爲四言詩的極盛時期；到了漢以下，『四言之勢盡矣』，故束皙等的四言詩都做不好，到了唐朝，『五言之勢又盡，杜甫以下辟旋以入七言；』到了『宋世，詩勢已盡，故其吟詠情性，多在燕樂（詞）。』他論近代的詩，也很不錯：

> 今詞又失其聲律，而詩尨奇愈甚。考徵之士，覩一器，說一事，則紀之五言，陳數首尾，比于馬醫歌括。及曾國藩自以爲功，誦法江西諸家，矜其奇詭。天下騖逐，古詩多詰屈不可誦，近體乃與杯珓讖辭相等。江湖之士豔而稱之，以爲至美。蓋自商頌以來，歌詩失紀，未有如今日者也。

這種議論的自然結果應該是一種很激烈的文學革命了。誰知他下文一轉便道：

> 物極則變，今宜取近體一切斷之，（自注：唐以後詩但以參考史事，存之可也。

其語則不足誦。）古詩斷自簡文以上，唐有陳（子昂）張（九齡）李（白）杜（甫）之徒，稍稍删取其要，足以繼風雅，盡正變矣。

這種極端的復古論，和他的文學史觀，實在是互相矛盾的。如果四言詩之勢已盡於漢末而五言詩之勢已盡於唐初，如果詩之勢已盡于宋世，那就如他自己說的『雖才士弗能以爲美』了，難道他們還能復興于今日嗎？那『數極而遷』的文學，難道還可以恢復嗎？

但他不顧這個矛盾，還想恢復那『數極而遷，雖才士弗能以爲美』的詩體。他的韻文（文錄二，頁八六以下）全是復古的文學。內中也有幾首可讀的，如東夷詩的第三四首：

客從海西來，上堂結羅韈，長跪箸席上，對語忘時日。仰見玉衡移，握手言離別。下堂尋革鞮，革鞮忽已失。回頭問主人，主人甫驚絕。乞君一兩韡，便向籠間掇。籠間何所有？四顧吐長舌。

甲第夫如何？繩蔑相鉤帶，虎落穿方空，空小門不大。按項出門去，恣情逐巖瀨。三步復五步，京市亦迢遰。時復得町畦，雲中聞犬吠。策杖尋其聲，耆獻方高會。『陛下千萬歲！世世從臺隸！』

這種詩的翦裁力確是比黃遵憲的番客篇等詩高的多，又加上一種刻畫的嘲諷意味，故創造的部分還可以勉强抵銷那模倣的部分。此外如艾如張，如董逃歌，若沒有那篇長序，便眞是『與杯珓讖辭相等』了。最惡劣的假古董莫如他的丹橘與上留田諸篇。丹橘凡『七章，二章章四句，五章章八句，』我猜想了五年，近來方才敢猜這詩大概是爲劉師培作的。我引第五六章作例：

天道無遠，讒夫既喪。何以澈浣？其痍其壯。越畹望之，度畦鄉之。不見廣陵，蓬萊障之。

權之譌矣，不宿乾鵲。民之畢矣，如狙如玃。知我之好，匪伊朝夕。爾雖我封，我心則懌。

這種詩使我們聯想到易林，易林是漢朝的一種『杯珓讖辭』。其實一千幾百年前的『杯珓讖辭』未必就遠勝一千幾百年後的『杯珓讖辭。』

章炳麟在文學上的成績與失敗，都給我們一個教訓。他的成績使我們知道古文學須有學問與論理做底子，他的失敗使我們知道中國文學的改革須向前進，不可回頭去；他的失敗使我們知道文學『數極而遷，雖才士弗能以爲美，』使我們知道那『取千年朽蠹之餘，反之正則』的盛業是永永不可能的了！

十一，三，三。

文學論略

章太炎著

何以謂之文學？以有文字，著於竹帛，故謂之文；論其法式，謂之文學。凡文理，文字，文詞，皆謂之文；而言其采色之煥發，則謂之彣。說文云：『文，錯畫也，象交文；彣，㦽也，㦽有彣彰也。』一或作文章當作彣彰，此說未是。要之，命其形質，則謂之文；狀其華美，則謂之彣。凡彣者必皆成文；而成文者，不必皆彣。是故，研論文學，當以文字爲主，不當以彣彰爲主。今舉諸家之說，商訂如下：

論衡超奇篇云：『能說一經者爲儒生，博覽古今者爲通人，采掇傳書以上書奏記者爲文人，能精思作文連結篇章者爲鴻儒。』又曰：『州郡有憂，有如唐子高谷子云之吏，出身盡思，竭筆牘之力，煩憂適有不解者哉？』又曰：『長生死後，州郡遭憂，無舉奏之吏。以故，事結不解，徵詣相屬；文軌不尊，筆疏不續也。豈無憂上之吏哉？乃其中文筆不足類也。』又曰：『若司馬子長劉子政之徒，累積篇第，文以萬數，其過子云子高遠矣；然而因成前紀，無胸中之造。若夫陸賈董仲舒，論說世事，由意不出，不假取於外；然而淺露易見，觀讀之者，猶曰傳記。陽城子長作樂經，揚子雲作太玄經，造於助思，極窅冥之深，非庶幾之才不能成也。桓君山作新論，論世間事，辯照然否，虛妄之言，僞飾之辭，莫不證定。彼子長子雲說論之徒，君山爲甲。自君山以來，皆爲鴻眇之才，故有嘉令之文。』據此所說，文之與筆本末分途，而所謂文者，皆以善作奏記爲主，自是以上，仍有鴻儒。鴻儒之文，若司馬子長劉子政所著，則爲歷史；陸董陽城揚四子所著，則爲論子經說；君山所著，則爲諸子。是歷史經說諸子三者，彼方目以最上之文，非如後人擯此於文學之外，而沾沾焉惟以華辭爲文，或以論說記序碑誌傳狀爲文也。——惟能說一經者，則不在此列。蓋學官弟子，聚徒講經，須以發策決科；其所撰著，無異於後世之帖括，是故屏之不與也。

自晉之後，始有文筆之分。文心雕龍云：『今之常言：有文有筆，無韻者文也，有韻者筆也。』然雕龍所論列者，藝文之屬，一切並包；是則文筆分科，祇存時論，固未嘗以此爲限界也。昭明太子之序文選也，其於歷史，則云：『事異篇章。』其於諸子，則云：『不以能文爲貴。』此爲裒次總集，自成一家，體例適然，非不易之定論也。若以文筆區分，則文選所登，無韻者亦自不少。若以文之爲道，貴在彣彰，則未知賈生過秦，比於周秦諸子，其質其文，竟何所判？且漢書藝文志儒家者流，有賈誼五十八篇，過秦亦在其列。此亦諸子，何以獨堪登錄？有韻文中，既登漢祖大風之作，卽古詩十九首亦皆入選，而漢晉樂府，反在所遺，是於其韻文也，亦不以節奏低昂爲主，爲取文釆斐然，足耀觀覽，又失韻文之本矣。是故，昭明之說，本無可以成立者也。

近世阮伯元氏，以爲孔子贊易，始著文言，故文必以駢儷爲主，而又牽引文筆之分，以成其說。夫有韻爲文，無韻爲筆，則駢散諸體，皆是筆而非文，藉此證成，適足自陷。既以文言爲文，則序卦說卦，又將何說？且文辭之用，各有所當，彖象諸篇，屬於占繇之體，則不得不爲韻語；繫辭文言，屬于述贊之體，則不得不爲儷辭；序卦說卦，或屬目錄，或屬牋疏，則不得不爲散錄。必以儷詞爲文，何以十翼不能一致？豈波瀾既盡，有所謝短乎？或舉論語辭達一言，以爲文之與辭，劃然異職。然則，文言稱文，繫辭稱辭，體格未殊，而稱號有異，此又何也？董仲舒云：「春秋文成數萬，彙彼經傳，總稱爲文。』猶曰今文家之曲說。太史自序，亦云：『論次其文。』此固以史爲文也。又曰：『漢興，蕭何次律令，韓信申軍法，張蒼爲章程，叔孫通定禮儀，則文學彬彬稍進。』此非駢偶之文，而未嘗不謂之文也。屈宋唐景之作，既是韻文，亦多駢語，而漢書王褒傳，已有楚辭之目，王逸仍之，名曰「楚辭」。不曰「楚文」，則有韻與駢偶者，亦未嘗不謂之辭也。漢書賈誼傳云：『以屬文稱於郡中。』其文云何？若云賦也，則惜誓登於楚辭，文辭不別矣；若云奏記條議，則又彼之所謂辭也。司馬相如傳云：『景帝不好辭賦。』法言吾子篇云：『詩人之賦，麗以則；詞人之賦，麗以淫。或問君子尚辭乎？曰：君子事之爲尙，事勝辭則伉，辭勝事則賦，事辭稱則經。』此可見韻文駢體，皆可稱辭，無文辭之別也。且文辭之稱，若從其本以爲分析，則辭爲口說，文爲文字。古者簡帛重煩，多取記臆，故或用韻文，或用駢語，爲其音節諧熟，易於口記，不煩記載也。戰國縱橫之士，抵掌搖脣，亦多疊句，是則駢偶之體，適可稱職，而史官方策，如春秋史記漢書之屬，乃當稱爲文耳。由是言之，文辭之分，矛遁自陷，可謂大惑者矣。蓋自梁李韓柳獨孤皇甫呂李來張之輩，競爲散體，而自美其名曰「古文辭」，將使駢儷諸家，不登文苑，此固持論偏頗，不爲典要。今者務反其說，亦與成論甘忌辛之見，此亡是公之所笑也！

或言學說文辭所以異者，學說在開人之思想，文辭在動人之感情，雖亦互有出入，而大致不能逾此。此亦一偏之見也。何以定之？文之爲名，包舉一切著於竹帛者而言之，故有成句讀之文，有不成句讀之文，兼此二事，通謂之文。就成句讀者言之，謂之文辭；就無韻文之部分言，則有六科，而雜文小說居其二焉。凡不成句讀者，表譜之體，旁行邪上，件繫支分，會計之簿錄，算術之演草，地圖之列名，此皆有名身而無句身。若此類者，無以動人之思想，亦無以發人之感情，此不得謂之文辭，而未嘗不得謂之文也。其成句讀者，復有有韻無韻之別。無韻文中，當有學說歷史公牘典章雜文小說六科。就吾所說，則有韻無韻，皆可謂之文辭；特其體裁有異，故所以斷其工拙者，各有不同。就彼所說，則除學說而外，一切有韻無韻之文，皆得稱爲文辭，一以激發感情爲主，則其誤亦已甚矣！無韻文中，專尚激發感情者，惟雜文小說耳。歷史之中，目錄學案，則於思想有關，而於感情無涉。其他敍事之文，固有足動感情者，然本非以是爲主，蓋敍事者在得其事之眞相耳。其事有足動感情與不動感情之異，故其文亦有足動感情與不動感情之異；若強事而就辭，則所謂削足適屨者也。至於姓氏之書，列入史科，此則無關思想，亦無關於感情者也。公牘之中，詔誥奏議，亦有能動感情者，然攷績升調之詔，支銷舉劾之書，則於感情固無所預；其取動感情者，惟爲特別事端，非其標準在此也。訟訴之詞狀，錄供之爰書，當官之履歷，經商之引帖，此足動感情乎？抑不足動感情乎？典章之中，思想感情，皆無所預。若評論典章，與尋求其原理者，此則諸子之法家，當在學說，非彼所謂文辭矣。然則無韻之文，除學說外，有歷史公牘典章雜文小說五科，而三科皆不以能動感情爲主，惟雜文小說，則以是爲標準耳。有韻之文，誠以能動感情爲主矣，然則蓍龜彖象之文，體皆韻語，命曰「占繇」；周易而外，見於左氏者多；乃如揚子之太玄，焦贛之易林，東方朔之靈棋，其文古雅有餘，而於感情實無所動。其他詩賦箴銘哀誄詞曲之屬，固以宣情達意爲歸，抑揚宛轉，是其職也。雖然，儒家之賦，意存諷戒，若荀卿成相一篇，固無能動感情之用。毛公傳詩，獨標興體；所謂興者，卽能感動情之謂。則知比賦二式，宜不以此爲限。傳稱登高能賦，謂之德音，然則原本山川，極命草木，若相如之子虛，揚雄之羽獵，甘泉左思之三都，郭璞木華之江海，奧博翔實，極賦家之能事矣，其於感情，動耶？否耶？（惟相如大人賦，漢武讀之，飄飄有陵雲氣游天地間意。此自憑虛構造之作，與子虛諸篇不同。）其耑賦一物者：若荀卿之蠶賦箴賦，王延壽之王孫賦，禰衡之鸚鵡賦，侔色揣稱，曲盡形相，讀者感情亦未動也。今之言詩，與古稍異，故詩賦分爲二事。漢世「郊祀」「房中」之歌，沈博絕麗，而莊敬之情，覽者曾不爲動；蓋其感人之處，固在被之管絃，非局於詞句也。若夫「柏梁」聯句，語皆有韻，後世遵之，自爲一體。今試紬繹其辭，惟是夫子自道，而「上林」令詩，則以「桃李橘柏枇杷梨」

七字垛積成言，無異急就篇中文句。若以「柏梁」詩爲不善，則固詩人所尊奉也。若以「柏梁」詩爲善，則無可動人之感情也。然則謂文辭之妙，惟在能動感情者，在韻文已不能限，而況無韻之文乎？彼專以雜文小說之能事，概一切文辭者，是眞知其一而不知其二也。或云「壯美」，或云「優美」，學究點文之法，村婦評曲之辭，庸陋鄙俚，無足挂齒，而以是爲論文之軌，不亦過乎？吾今爲一語曰：一切文辭，（兼學說在內）體裁各異，以激發感情爲要者，箴銘哀誄詩賦曲詞雜文小說之類是也；以濬發思想爲要者，學說是也；以確盡事狀爲要者，歷史是也；以比類知原爲要者，典章是也；以便俗致用爲要者，公牘是也；以本隱之顯爲要者，占繇是也；其體各異，故其工拙亦因之而異，其爲文辭則一也。

如上諸說，前之昭明，後之阮氏，持論偏頗，誠不足辯。最後一說，以學說與文辭對立，其規摹雖稍寬博，而其失也，在惟以彰彰爲文，而不以文字爲文，故學說之不彣者，則捍然擯之于文辭之外。惟論衡所說，略成條理：先舉奏記爲質，則不遺公牘矣；次舉敍事經說諸子爲言，則不遺歷史與學說矣。有韻爲文人所共曉，故略而不論；雜文漢時未備，故亦不作；不言小說，或其意成鄙夷；不列典章，由其文有缺略；此則不能無失者也。雖然，王氏所說，雖較諸家爲勝，亦但知有句讀文，而不知無句讀文，此則不明文學之原矣。

吾今當爲衆說：古者書籍得名，由其所用之竹木而起；此可見語言文學，功用各殊，是文學之所以稱文學也。且如經之得稱，謂其常也；傳之得稱，謂其轉也；論之得稱，謂其倫也；此皆後儒訓說，未必覩其本眞。欲知稱經稱傳稱論之由，則經者，編絲綴屬之謂也；是故六經而外，復有緯書，義亦同此。如佛經稱素怛纜，（亦云修多羅）素怛纜者，直繹爲線，繹意爲經，蓋彼以貝葉成書，故不得不用線聯貫，此以竹簡成書，亦不得不編絲綴屬，其必舉此爲號者，異於百名以下，耑用版牘者耳。蓋經本官書，故吳語有挾經秉抱之說，（韋解：經，兵書也。此說未確。豈有臨陣而讀兵書者？蓋尺籍伍符之屬，臨陳攜之，取便檢點。）字旣繁多，故用策而不用版也。傳者，專之假借也。論語：『傳不習乎？』魯作『專不習乎？』——是其明證。說文訓專爲六寸簿，簿則手版，古謂之忽，（今作笏）書思對命以備忽忘，故引伸爲書籍記事之稱，書籍名簿，亦名爲專。專之得名，以其體短，有異於經。鄭康成論語序云：『春秋二尺四寸，孝經一尺二寸，論語八寸。』則知專之簡策，當更短於論語，所謂六寸者也。（漢藝文志言：劉向校中古文尚書，有一簡二十五字者。而服虔注左氏傳，則云：古文篆書，一簡八字。蓋二十五字者，二尺四寸之經也；八字者，六寸之專也。古官書皆長二尺四寸，故云二尺四寸之律。舉成數言，則曰：三尺法。經亦官書，故長如之。其非經律，則稱短書。——皆見論衡。）論者古祇作侖，比竹成册，各就次第，是之謂侖。籥亦編竹爲之，是故侖字，從侖引伸，則樂音之有秩序者，亦稱爲侖，於論鼓鐘是也。言說之有秩序者，亦稱爲侖，坐而論道是也。推尋本義，實是侖字。論語爲師弟問答，而亦略記舊聞，散爲各條，編次成帙，故曰「侖語」。要之：經者，繩線貫聯之稱；傳者，簿書記事之稱；論者，比竹成册之稱；各從其質以爲之名，亦猶古言方策，漢言尺牘，今言劄記也。雖古之言肄業者，（左氏傳：臣以爲肄業及之也）亦謂肄版而已。釋器云：『大版謂之業，所習之書，各有篇第，而習者移書其文於版，（學童習字用觚，觚亦版也。）故云肄業。』管子宙合篇云：『退身不舍端，修業不息版。』以此證之，則肄業之爲肄版明矣。（學業之名，由此引伸，與事業功業異義。）據此諸證，或簡或牘，皆從其質爲名，此所以別文字於言語也。其所以必爲之別者，何也？文字初興，本以代言爲職，而其功用，有勝於言者。蓋言語之用，僅可成線，喻如空中鳥跡，甫見而形已逝。故一事一義，得相聯貫者，言語司之，及夫萬類坌集，棼不可理，言語之用，有所不周，於是委之文字。文字之用，可以成面，故表譜圖畫之術興焉；凡排比鋪張，不可口說者，文字司之。及夫立體建形，向背同現，文字之用，又有不周，於是委之儀象。儀象之用，可以成體，故鑄銅雕木之術興焉；凡望高測深，不可圖表者，儀象司之。然則文字，本以代言，而其用則有獨至，凡無句讀之文，皆文字所專屬者也。文之代言者，必有興會神味；文之不代言者，則不必有興會神味；不代言者，文字所擅場也。故論文學者，不得以感情爲主。今先說文學各科如下：——

- 無句讀文
  - 圖書
  - 表譜
  - 簿錄（簿錄與表譜殊者，以不皆旁行綴繫故）
  - 算草
- 有韻文
  - 賦頌（無韻之頌卽入符命類述序類中）
  - 哀誄（祭文附此）
  - 箴銘（無韻之銘卽入款識類中）
  - 占繇（如周易易林太玄靈棋之屬）
  - 古今體詩
  - 詞曲

- 有句讀文
  - 無韻文
    - 學說
      - 諸子
      - 疏證（凡隨文解義及著書考古者皆屬此）
      - 平議（如史通文心雕龍及一切文評史評之屬）
    - 歷史
      - 紀傳（尚書帝典之類皆屬此）
      - 編年
      - 紀事本末
      - 國別史（如國語之屬）
      - 地志
      - 姓氏書
      - 行狀
      - 別傳
      - 雜事（報章中紀事亦屬此）
      - 款識（如鼎彝碑志之屬）
      - 目錄（書目之無說者別入簿錄科）
      - 學業

- 公牘
  - 詔誥（尙書康誥酒誥之類亦屬此）
  - 奏議（尙書謨訓之類亦屬此）
  - 文移
  - 批判
  - 告示（一切敎令皆屬此）
  - 訴狀
  - 錄供
  - 履歷
  - 契約（如條約地契引帖之屬其私立者卽入書札類中）
- 典章
  - 書志（如正史各志及通典通考之屬）
  - 官禮（如周禮六典會典之屬）
  - 律例
  - 公法
  - 儀注（如儀禮江都集禮書儀之屬其經學家專門說儀禮者卽入疏證類中）

- 雜文
  - 符命（如封禪告天劇奏典引之屬不皆有韻）
  - 論說（連珠之類亦屬此）
  - 對策
  - 雜記
  - 述序
  - 書札（私訂契約不關公牘者亦屬此）
- 小說

如右所說，分無句讀文，有句讀文爲二列，其下分十六科，卽圖書，表譜，簿錄，算草，賦頌，哀誄，箴銘，占繇，古今體詩，詞曲，學說，歷史，公牘，典章，雜文，小說，是也。其中學說，歷史，公牘，典章，雜文，又當區爲各類，以此分析則經典亦當散入各科：如周易者，占繇科也；如詩者，賦頌科也；如尙書，歷史科之紀傳類，紀事本末類，公牘之詔誥類，奏議類，告示類也；如周禮者，典章科之官禮類也；如儀禮者，典章科之儀注類也；（樂經已亡，無由判別。）如禮記者，典章科之儀注類，（曲禮內則投壺公冠諸篇皆是。）書志類，（祭法明堂月令諸篇皆是。）學說科之諸子類，（中庸禮運禮器三朝記諸篇皆是。）疏證類，（昏義冠義鄉飲酒義諸篇皆是。）歷史科之紀傳類（如五帝德篇是。）也；春秋者，歷史科之編年類；世本，則表譜科；國語，則歷史科之國別史類；二傳，則學說科之疏證類也；論語孝經者，學說科之諸子類也；爾雅說文者，學說科之疏證類也。至于正史一書之中，分科各異，如：紀傳，則歷史科之紀傳類也；書志，則典章科之書志類也；年表人表，則表譜科也；若百官公卿表，則又典章科之官禮類也；宰相世系表，則又歷史科之姓氏書類也。于書志中有藝文經籍等志，則又歷史科之目錄類也。文人所作總集別集之屬，大抵多在雜文科中；而碑志，則歷史科之款識類；傳狀，則歷史科之行狀類，別傳類也；若翰苑集，則公牘科之奏議類也；若順宗實錄，則歷史科之紀傳類也。（近世奏議實錄皆不入集，則別集中無此二類矣。）凡自成一家之書，名爲諸子，然別錄，七略，兵書，方技，數術，皆爲獨立，不入諸子略中。晉荀勗簿錄中經分爲四部，而兵書數術遂與諸子合符。梁阮孝緒作七錄，子兵爲一，而技術復在其外。隋經籍志，始以兵家，天文家，歷數家，五行家，醫方家，盡入諸子。自今以後，科學漸興，則諸子所包，其數將不可計。儒家，道家，同爲哲學：，墨家，陰陽家，同爲宗敎：，似亦不須分立矣。此與歷史，公牘，典章，小說諸科皆相涉入，惟于雜文則淺耳。其次或自成一家，或依附舊籍，而皆以實事求是爲歸者，則通名爲疏證：，上自經說，下至近世之劄記，此皆疏證類也。其最古者，若：尙書有大誓故，（見周語。）管子有形勢解，立政九敗解，版法解，明法解，韓非有解老喩老：，此亦疏證類也。而近人別集，如戴震錢大昕段玉裁阮元輩，其間雜文甚少，而關於考證者多，是亦疏證類也。此類與歷史，公牘，典章，雜文，小說，諸科，則皆相涉入者也。其有商度文史，自成一家者，名曰平議：，若荀勗之雜撰文章家集敍，摯虞之文章志，傅亮之續文章志，隋書皆列入史部簿錄篇中，皆爲近似，而後人則於別集總集而外，又立一文史類，蒐集此種，錄入其中，則名實相去遠矣。今之史評，若史通是也；今之文評，若文心雕龍是也；其關於款識者，若金石要例是也；其關於古今體詩者，若詩品是也；其通評文史者，若文史通義是也；此則與無句讀文有句讀文者，皆相涉入者也。

既知文有無句讀有句讀之分，而後文學之歸趣可得言矣。無句讀者，純得文，稱文字之不共性也；有句讀者，文而兼得辭，稱文字語言之共性也。論文學者，雖多就共性言，而必以不共性爲其素質。故凡有句讀文以典章爲最善，而學說科之疏證類亦往往附居其列。文皆質實，而遠浮華，辭尚直截，而無蘊藉，此于無句讀文最爲鄰近。魏晉以後，珍說叢興，文漸離質，作史者能爲紀傳，而不能爲表譜書志。今觀陳壽之三國志，范曄之後漢書，姚思廉之梁書陳書，令狐德棻之周書，李百藥之北齊書，李延壽之南史北史，惟存紀傳而表志絕焉。（惟沈約宋書，蕭子顯齊書，魏收魏書有志。若續漢書之志，則司馬彪作，非范曄所能作也。隋書成於官撰，紀傳與志分任纂修，蓋作紀傳者亦不能作志也。晉書亦官撰，故得有志。）江淹所以歎作史之難，莫難於作志也。中唐以後，三傳束閣，降及北宋，論鋒橫起，好爲浮蕩恣肆之辭，不惟其實，故疏證之學漸疏。劉攽，劉奉世，洪适，洪邁，婁機，吳曾，王應麟之徒，雖能攷證叢殘，持之有故，言之不能成理。屬文者便於荒陋，反以疏證爲支離，此文辭所以日趨浮僞。是故，作史不能成書志，屬文不能兼疏證，則文字之不共性，自是亡矣。雖然，既已謂之文辭，則書志必不容與表譜簿錄同其繇碎，疏證必不容與表譜簿錄同其冗雜。故書志之要，必在訓辭翔雅，若漢志隋志通典之文，則得矣；宋元明志，通攷續通攷輩，非其任也。疏證之要，必在條列分明，若江永，戴震，段玉裁，王引之，金榜，黃以周之文，則得矣；余蕭客，王昶，洪亮吉輩，非其任也。以典章科之書志，學說科之疏證，施之於一切文辭，除小說外，凡敘事者，尙其直敘，不尙其比況；若云：『血流標杵』，或云：『積戈甲與熊耳山齊』，其文雖工，而爲偭規改錯矣。凡議論者，尙其明示，而不尙其代名；若云：

『顏淵雖篤學，附驥尾而行益顯，』或云：『足歷王庭，垂餌虎口』，其文雖工，而爲雕刻曼辭矣。乃若叠韻雙聲，連字連義，用爲形容者，惟于韻文爲宜，無韻之文，亦非所適。所以者何？韻文以聲調節奏爲本，故形容不患其多。如顧甯人日知錄云：——

詩用叠字最難，衞詩：『河水洋洋，北流活活。施罛濊濊，鱣鮪發發。葭炎揭揭，庶姜孽孽。』連用六叠字，可謂複而不厭，嘖而不亂矣。古詩：『靑靑河畔草，鬱鬱園中柳。盈盈樓上女，皎皎當窗牖，娥娥紅粉粧，纖纖出素手。』連用六叠字，亦極自然，下此無人可繼。屈原九章：『悲回風紛容容之無經兮，罔芒芒之無紀。軋洋洋之無從兮，馳逶移之焉止。漂翻翻其上下兮，翼遙遙其左右。汜濡濡其前後兮，伴張弛之信期。』連用六疊字。宋玉九辯：『乘精氣之摶摶兮，騖諸神之湛湛。驂日霓之習習兮，叠歷羣靈之豐豐。左朱雀之茇茇兮，右蒼龍之躍躍。屬雷師之闐闐兮，通飛廉之衙衙。前輕輬之鏘鏘兮，後輜乘之從從。載雲旗之委蛇兮，扈屯騎之容容。』連用十一疊字，後人辭賦，亦罕有能及之者。

此則韻文貴在形容之證也。無韻之文，便與此異。前世作者，用之符命，是爲合格；其他諸篇，倘見則可，過多則不適矣。相如子雲湛深於古文奇字，移檄解嘲之屬，用此亦多，後人當師其奇字，不當師其形容語也。（此如商周誓誥，祇容古人爲之，後生不得模仿。）乃如舊地稱官，皆從時制，雖當異族秉政，而亦無可詭更，所謂名從主人也。近世爲文例者，祇以此爲金石刻畫之程式，其實雜文亦爾，特歷史公牘諸科需此尤切爾。夫解文者，以典章學說之法，施之歷史公牘，復以施之雜文，此所以安置妥帖也。不解文者，以小說之法施之雜文，復以施之歷史公牘，此所以骫骳不安也。或曰：『子前言一切文辭，體裁各異，故其工拙亦因之而異。今乃欲以書志疏證之法，施之於一切文辭，不自相刺謬耶？』答曰：『前者所說，以工拙言也；今者所說，以雅俗言也。工拙者，系乎才調；雅俗者，存乎軌則；軌則之不知，雖有才調而無足貴。是故俗而工者，無甯雅而拙也。雅有消極積極之分：消極之雅，淸而無物，歐曾方姚之文是也；積極之雅，閎而能肆，揚班張韓之文是也。雖然，俗而工者，無甯雅而拙，故方姚之才雖駑，猶足以傲今人也。吾觀日本之論文者，多以興會神味爲主，曾不論其雅俗；或以取法泰西，上追希臘，以美之一字，橫梗結噎於胸中，故其說若是耶？彼論歐洲之文，則自可爾，而復持此以論漢文，吾漢人之不知文者，又取其言以相矜式，則未知漢文之所以爲漢文也。日本人所讀漢籍僅中唐以後之書耳；魏晉盛唐之遺文，已多廢閣；至於周秦兩漢則稱道者絕少，雖或略觀大意，訓詁文義一切未知，由其不通小學耳。夫中唐文人，惟韓柳皇甫獨孤呂李諸公爲勝，自宋以後，文學日衰，以至今日。彼方取其最衰之文，比較綜合，以爲文章之極致，是烏足以爲法乎？』或曰：『子之持論，似明世七子所言，專以唐爲封域，而蔑視宋後諸公，甯非一偏之論耶？』答曰：『七子之弊，不在宗唐而祧宋也，亦不在效法秦漢也，在其不解文義，而以呑剝爲能，不辨雅俗，而以工拙爲準。吾則不然，先求訓詁，句分字析，而後敢造詞也；先辨體裁，引繩切墨，而後敢放言也；此所以異於明之七子也。』或曰：『子謂不辨雅俗，則工拙可以不論。前者已云：「以便俗致用爲要者，公牘是也；」彼公牘者，復何雅之足言乎？』答曰：『所謂雅者，謂其文能合格；公牘旣以便俗，則上準格令，下適時語，無屈奇之稱號，無表象之言詞，斯爲雅矣。漢書藝文志曰：「書者，古之號令，號令於衆，其言不立具，則聽受施行者弗曉，古文讀應爾雅，故解古今語而可知也。」是則古之公牘，以用古語爲雅；今之公牘，以用今語爲雅。或用軍門觀察守令承倅，以代本名，斯所謂屈奇之稱號也；或言水落石出，剜肉補瘡，以代本義，斯所謂表象之言詞也。其餘批判之文，多用四六，昔在宋世，已有龍筋鳳髓之書，近世宰官，相率崇效，以文掩事，猥瀆萬端，此弊不除，此公牘所以不雅也。公牘之文，與所謂高文典册者，其積極之雅不同，其消極之雅則一，要在質直而已。安有所謂便俗致用者，卽無雅之可言乎？非獨公牘然也，小說之文，與他文稍異矣，然亦有其雅者。史記滑稽傳漢書東方朔傳此皆小說所本，而漢藝文志之稱小說，則云：「街談巷語道聽途說者所造，」

是所謂詢於芻蕘者也。故如邯鄲淳之笑林，劉義眞之世說，皆當時實事也。其有意構造者，則如漢志所載小說諸家，兼多黃老，而其後亦兼神鬼，若搜神記，幽明錄者，非小說之正宗矣。然猶以譎怪恢奇相尙，雖云致遠恐泥，而無淫汙流漫之文，是在小說，猶不失爲雅也。自明以來，文人夸毗，惟懷婚姻，自詡風流，廉恥道喪，於是有祕辛雜事飛燕外傳諸作，浸淫至今，而其流不可遏矣。反古復始，故亦有其雅者。近世小說，其爲街談巷語，若水滸傳儒林外史，其爲神怪幽祕，若閱微草堂五種，此皆無害爲雅者。若以古豔相矜，以明媚自喜，則無不淪入惡道。故知小說自有雅俗，非有俗無雅也。公牘，小說，尙可言雅；況典章，學說，歷史，雜文乎？

若不知世有無句讀文，則必不知文之貴者在乎書志疏證；若不知書志疏證之法，可施於一切文辭，則必以因物騁辭，情靈無擁，爲文辭之根極，宕而失原，惟知工拙，不知雅俗，此文詞所以日弊也。」

日本武島氏修詞學云，『凡備體製者，皆得稱文章，然凡稱文章者不必皆備體製。無味之談論，乾枯之記事，非不自成一體，其實文字之臚列，記號之集合也，未可云備體製之文章也。』此說不然。圖畫有圖畫之體製，非善準望審明暗者勿能爲；表譜有表譜之體製，非知統系明綱目者勿能爲；簿錄有簿錄之體製，非識品性審去取者勿能爲；算草有算草之體製，非知記號通章數者勿能爲；此皆各有其學，故亦各有其體，乃至單篇禮記，無不皆然。其意既盡，而文獨不盡，則當刊落盈辭，無取虛存間架。若夫前所虛冒，後有結尾，起伏照應，惟恐不周，此自蘇軾呂祖謙輩教人策鋒之法，以此謂之體製，吾未見其爲體製也。善夫，章氏文史通義之言曰：『塾師之講時文，必有法度，以合程式；而法度難以空言，則往往取譬以示蒙學：擬於房屋，則有所謂間架結構；擬於身體，則有所謂眉目筋節；擬於繪畫，則有所謂點睛添毫；擬於形家，則有所謂來龍結穴；此爲初學示法，無庸責也。惟時文結習，深錮腸腑，進窺一切古書古文，皆此時文見解，則如用象棋枰，布圍棋子，必不合矣』。日本人未習時文，乃其所言亦有類是；則以眼界所及，多屬宋文，而蘇軾呂祖謙輩，實爲時文之祖，故所言亦適相符合，不知文有有句讀無句讀之分，就有句讀文中，亦尙有近於無句讀文者，而必執一體製，以概凡百之體製，悲夫！井魚不可與語海者，拘於墟也；夏蟲不可與語冰者，篤於時也。

附錄

文學之派別

太炎先生講演
笠公記錄

「文學」可分有韻無韻二種。今人稱前者爲「詩」，後者爲「文」。古人則異是：文心雕龍曰：『今之常言，有文有筆，有韻者文也，無韻者筆也。』范曄自述後漢書曰：『文患其事盡於形，情急於藻，義牽其旨，韻移其意，政可類工巧圖繢，竟無得也；手無差易，文不拘韻故也。』此可見古以有韻爲「文」，無韻爲「筆」矣。但爲文無韻者固用筆，有韻者亦未始不用筆，故不如後人分「詩」「文」二項名之之爲允當也。

「文學」中無韻文多，有韻文少。茲先就無韻文論之。古今文體甚繁，且列表以明之：

- 文
  - 集內文
    - 記事文
      - 傳，狀，行述，事略
      - 書事，記
      - 碑，墓誌，碣，表
    - 議論文
      - 論，說，辨
      - 奏，議，封事
      - 序(題詞)，跋
      - 書
  - 集外文
    - 子，史，經
    - 數典文，習藝文

普通所謂「文」，大抵指集部而言，經，史，子不與焉。右表所列文之分類中，以傳論，四史列之集部以外，卽本紀，世家二者，其性質亦與傳相同，不歸之於集部；集部惟有家傳耳。論文除單篇者外，亦有不列集部者，如莊子齊物論，荀子禮論與樂論，賈誼過秦論等是矣。序亦僅限於單篇者，若四庫提要則爲連合體格，不編之於集部中。至如編年史之左傳，資治通鑑與名人年譜等記事文，亦不在集部範圍之內。

傳爲紀載個人一生或一事者。明代，凡未入國史館者不得爲家傳，誤甚！蓋傳者傳述其事，各傳其傳可也。行述，狀，傳各不相同。古時作狀，惟載數言考語，呈官定謚法；自唐李翺主張改爲叙事後，始與傳同。行述與傳同爲敍事，而用處別焉。

碑爲紀泐國家大事，如秦嶧山碑紀始皇之功蹟，漢斐岑紀功碑記破西域之事功等類是矣。此係紀事。廟碑則不純爲紀事，墓碑僅爲個人而作。表亦碑之一種，碣與碑同，不過碑大碣小而已。論其內質，傳紀事，狀攷語兼紀事，碑則攷語居多，末附有韻之銘，間雖有紀事，略而不詳。宋以後，碑與傳之相差唯首與尾。表，宋後已無銘，在漢時有表記表頌之分，後者有銘而前者無之。墓誌，漢前不見，晉後始有之。晉以漢代碑太多，不許立，東晉末直禁止立碑，遂變而爲墓誌。墓誌固瘞於土，爲人所不見。北朝唐代並不禁碑，似可立碑而不復用墓誌矣，然碑費而墓誌省，爲經濟計，甯存墓誌焉。至其文字，泰半無甚精采，蓋爲敷衍交情而作故也。

單篇「論」文，西漢無多，東漢漸有短論之作，延篤仁孝先後論可爲首創。至晉代，士多好談名理，論說乃出。其文當涵有陸士衡文賦所謂「精微流暢」四字之精神。

奏，秦時無之，始於漢，其用或爲國家大事，或爲個人私事，無定也。此外尚有封事，所以奏密事。至若議論典禮，則用議；西漢石渠議，鹽鐵論，白虎通等乃合羣士而成者。

書，古時已有，幾盡爲私人往還；惟古人之上書則彷彿奏記，亦卽今之稟與說帖也。若劉歆讓太常博士書幾等移文矣。

序，自古已有，如序卦，書序，詩序，以及劉向別錄與四庫提要皆是也。後人大概自著自作—或註釋古書附之以序。古人之題詞與序相同：趙岐注孟子，一序一題詞均列於篇首。跋之體裁與序無異，惟位于書後耳。

紀事論議外，尚有非歸于集部者：

（甲）數典之文：

一·官制——周禮，唐六典，明清會典之類

二·儀注——儀禮，唐開元禮等

三·刑法——漢律，唐律，明律，清律之類

四·樂律——宋律呂正義，清燕樂攷原等

五·書目——劉向別錄，劉歆七略，王儉阮孝緒七錄七志，宋崇文書目，清四庫提要之類

（乙）習藝之文：

一·算術——九章算法圖法之類

二·工程——周禮攷工記，徐光啓龍骨車玉衡車之類

三·農事——北魏齊民要術，元王楨農書，明徐光啓農政全書之類

四·醫書——素問，靈樞，傷寒論，千金要方之類

五·地志——禹貢，周禮職方志，水經，水道提綱，乾隆府廳州縣志，方輿志略之類

以上各種，文皆佳妙，集部中僅有也，自不可遺棄之。

「文學」之分類既如右述，更進論其派別。

經典之作，原非爲文；諸子皆不以文稱。至漢賈誼以「善屬文」名，文乃出。西漢一代，賈誼，董仲舒，太史公，司馬相如，劉向等以文著名。後之師承者，遂自傾向何方以有派別，實則古人未嘗欲後之人附我而與人抗也。至漢書所載趙充國之奏疏，其文超絕千古，乃不以文人稱之則又何耶？意古之人以文學家名者，未必其文之果出類拔萃也，要其人學問淵博，爲世人所推重耳。東漢時稱班彪，班固等爲文人，而不及講政治之

崔寔仲長統與說經之鄭康成輩，則又不可解矣。

三國時曹家父子操丕植三人文名藉甚；操以詔令名，丕以典論，而植以求自試表等稱；其受人推尊，不以其文，乃以詩而推及其文耳。至於徐幹與張昭文非絕特也，乃亦以文名，想以道德而及其文乎？陸家父子五人——遜，抗，凱，雲，機並以文名著稱，而陸機爲最，開晉代文學之先風。晉代潘，陸雖並稱，但潘終不若陸之更受人推重景仰也。自陸出，文體大變，一改兩漢壯美之氣，而爲優美富風致之文，令人讀之逸趣橫生。漢之文學厚重典雅，而晉華妙清妍，判然有剛柔之別。東晉以往，駢文漸興，然終去陸機遠甚。至於文佳而名不稱者，在南北朝時，實繁有徒，如裴頠，范縝等至可景仰也！

唐初文無可取，中唐後，始有張燕公蘇許公出，變革文體，別庾雖陸，直追司馬相如。此以駢文顯。至韓愈，柳宗元，劉禹錫呂溫則以散文著。韓柳之文，雖別開生面，但亦脫胎燕許。韓才氣豪大，文不雕琢，柳則難以掩飾矣。韓柳等四子均喜造詞，主張詞必己出；惟韓最甚。晚唐李翱別具氣度，孫樵佶屈聱牙，與韓實異。駢體文唐代當推李義山，繼漸變為後代之四六體，與陸機相較，實有靈泥之別。唐人常稱孟荀，推賈誼，太史公，一掃晉人柔曼之氣，而反于漢之剛矣。

宋初承五代之亂，已無文可稱；當時大抵推重李義山；由駢體變而為四六，李實為承前啓後者。北宋文人以歐陽修，二蘇，曾，王為最著。歐陽本習四六，後乃改為散文，時有宋祁與之對敵。祁習韓文，著有新唐書，但才氣弗如也。

明人稱唐宋八大家，因之時人誤唐宋文體為相同。實則唐剛宋柔，極不相合；而歐陽之與韓，更格格不相入。韓喜造詞，歐陽極力反對之；所以『天地豁，萬物軋，聖人茁』等句，致受彼之訾議。而大戴禮之『黈纊塞耳，前旒蔽明』二語亦不以為然。三蘇以東坡為最博；洵，轍則不過爾爾。王介甫與曾子固讀書均多，惟才氣曾不能望王也。

南宋文調甚俗，逮明初，宋濂輩之台閣體出焉。至如劉敞，司馬光輩，文均謹嚴厚重，高出歐陽之上，而名聲不著，惜哉！

明有前七子後七子之分，前七子——李夢陽等疾台閣體，後七子——王世楨等自謂學秦漢，但甚庸俗　因學問之不及韓蘇，後人遂譏之爲僞體。歸有光出，與王世楨等相抗衡，卒下之。歸學歐曾，深入進門，因居僞體之上；正如孟子所謂『五穀不熟，不如荑稗』也矣。

清之桐城，陽湖二派，隱相對峙，而桐城盛。前派以歸有光爲鼻祖，後派以惲敬張惠言爲巨子。歸論格律氣度甚精工，學之者有顧亭林，汪琬二氏，均甚精造，可謂歸氏之嫡傳；但以地域故，未入桐城派也。方苞出而步趨歸氏，繼之姚姬傳之才氣，于是桐城之名大著。但此派中有劉大櫆者，殊無足取，因係姚之師，並籍隸桐城，故附入焉。于是引起陽湖與之對抗。此派巨子張氏本師王灼，亦係桐城派弟子，因嫉惡桐城派，遂獨建旗幟，分裂對峙；惜其流傳未能如桐城派之遠且久耳。姚姬傳之弟子甚多，以管同，梅曾亮爲最。曾國藩本非桐城人，因聲譽煊赫，桐城派强引而入之。其著作遠駕乎歸汪方姚之上，才比韓愈，所以不願名爲桐城也。此外又有汪中一人，超異出衆，其駢文直追陸機。

總之，文實無派可分；言乎形式，原有不同，以言性情才力，更各有別，派將何由而分？惟官名，地名，應用現制，親屬名稱，應仍儀禮喪服爾雅喪服之舊，而行文尤須不俗不古而不技，則庶幾其可觀也矣。

茲可論有韻文矣。所謂有韻文者卽「詩」也。古時詩而外，若箴，銘，誄，辭，像贊，史述贊，祭文之類，亦皆有韻者居多，可歸之於「詩」；至急就章，千字文，百家姓，醫方歌訣等有韻之文，亦可稱之爲「詩」。蓋「詩」祗可論體裁，不宜論工拙，如百家姓之流，以工拙論，原非詩也，以形式論，則不得不認其爲詩矣。總之，有韻者爲「詩」，無韻者爲「文」，徑界旣清，分別自明。

詩以廣義言，凡有韻者爲詩，以狹義論，則惟有詩可稱耳。周禮春官，名風，賦，比，興，雅，頌爲六詩，其本義何在，除比，興二者不可攷外，餘均得溯源而見之：詩小序云：『風者上以風化下，下以風刺上。』我則以爲其義不盡於此：風乃空氣之激盪，出自口而爲風，古之所謂風者，口中謳吟而已。「頌」在說文爲「容」，納受也，義含形容之意。詩小序謂『頌者美盛德之形容』。於此可見古人之爲頌也，須「式歌式舞」矣。古代民納賦，以供兵事之需，必須按物查點；文之有「賦」，義亦取此，行文須鋪張排比，觀戰國以後諸賦可知矣　至於「雅」，在詩小序曰：『雅者正也』，雅何以訓「正」，歷代學者無能明言，滋多疑議。大致雅者所以歌詠廟堂大事，記事之詩也，故謂之正。學者瞭然以上諸義，然後進求詩經，推解更易矣。

詩經中祇有風雅頌三者，賦非當時所有，下及戰國，始有賦出，七略次賦爲四家；

一曰屈原賦，二曰陸賈賦，三曰孫卿賦，四曰雜賦。屈原之賦道情，孫卿詠物，陸賈則不可見，大抵縱橫之變耳。後世言賦者，多宗屈原。

三百篇以後，直至漢初，詩始出。如漢高祖大風歌，項羽虞兮歌，格局新奇，可謂獨創。此後有古詩十九首，爲五言詩之始。後之能繼是而振詩風者，當推曹孟德父子。其詩獨具氣魄，色味深厚，讀之令人生快。鍾嶸詩品評古詩十九首云「一字千金」，今於曹氏父子，亦可謂「氣抗浮雲，誠比金石」矣。

語曰「心爲志，發言爲詩」。可見「詩」乃發於情性，如三國前之詩，無非眞情之流，句字並妙，後世則不及矣。

晉代文家極多，如左思，陸機，潘岳等多以詩稱，然尤以左氏風格特高。陸詩近於散漫，潘較整飭，但終不失作賦手腕。

東晉時，文人喜清談，詩亦如此。若孫綽，許詢輩詩名最著，時談佛理，時談莊老，與宋時理學詩相彷彿，可厭也。逮陶淵明出，詩風一振。前於陶者，寫風景詩甚不多覯，及陶氏則專以寫風景見長。瀟洒脫俗，有田舍風味，如「采菊東籬下，悠然見南山」之句，古人所不能道也，可謂獨樹一幟矣。繼其後者有謝靈運顏延之二家，然顏詩佶屈聱牙，謝詩但求凝鍊而無疵，終不若陶之妙得自然也。

宋齊之間，謝朓，人稱爲小謝，寫風景遠而自然，與陶氏相上下。梁代詩家推沈約一人，創永明體，後世律詩之雛形具矣。隋書經籍志所載四聲譜一卷，即沈氏之作。至於南北朝中，在文選，無北朝詩；但木蘭詩，傳自北朝，高超絕特，豈有所湮逸耶？

隋，楊素武人也，然詩極佳。時人習於南北朝詩風，愛用典故，喜雕琢，獨楊氣勢壯厚，不事修飾。如「空梁落燕泥，庭草無人隨意綠」等句，眞爲警句，超絕當時。

夫詩因時代而變遷，古今不能相同。唐初無律詩，後有無律詩而不甚費力者，如五律詩等是，沈佺期，宋之問等，氣魄尙大，雖有對仗，不甚拘束。文窮則變，詩亦有然。四言詩將窮，進而爲五言詩，五言詩至唐而窮，則又進而爲七律詩，然初創者必蒼蒼茫茫。張九齡，陳子昂，李太白三人之詩爲復古者，而陳尤與古近，幾與齊梁以下時之詩難辨。其實此時之詩，無不道源於陶淵明也。李之律詩極少，氣極高；復古之詩，至李而達極則矣。元稹之詩比杜甫高，而排比者與漢代之賦相似。杜詩流於典故堆壘，漸失自然氣度；且又佶屈聱牙，多不可解。昌黎詩習杜之遺風，更愛用故典，並愛用艱僻之字，惟其自然之風尚存，所以得列於詩林耳。韋應物，柳宗元二家，雖與昌黎同時，而作品大異，子厚文頗雕琢，詩殊不經意。同時又有元微之，白居易二家，又異於彼，任筆描寫，詠言民情，有小雅之風味。晚唐溫庭筠李義山兩家愛對仗，無異杜甫，遂成宋代詩風。西崑體染此風習甚深。

宋初歐陽修梅聖俞反對西崑體甚力；但歐陽愛奇異詩句，如『水泥行郭索；蠹木叫鉤輈』二句已不可解，但彼大加贊賞。梅聖俞詩，開考古之源，與古人詠古之詩，又不相同。總之，宋詩合「好對仗，引奇字，考據」三點而成，所以病入膏肓。唐代作詩，好用佛經上字，至蘇軾，則更破其規範，而時用佛典之法理，此未免過於任情矣。王荆公喜律詩，惟其忽大重小，竟謂『上句用漢書，下句亦須用漢書』，自此寬宏之氣全亡。如宋祁『何言漢樸學，反似楚枝官』句與王維『正法調狎象，玄言問老龍』句，眞有天壤之判焉。有宋一代，詩話極富，無一不深中是病；惟滄浪詩話云：『詩有別才，非關學也；詩有別趣，非關理也』。識見甚卓，誠可掃盡宋人之卑習。

南宋陸放翁合北宋習氣極深，惟范石湖劉復村自有氣度，與衆迥別，黃山谷出，開江西詩派之源。黃上學老杜，以起首二句必對仗爲規律，實無足取。

元明清三代之詩衰甚，無足取者。高靑邱詩失之靡靡，七子失之空浮，王漁洋朱彝尊失之典澤過濃，迄翁方綱洪亮吉重攷據，愛對仗，更離詩遠矣。其間能稍可人意者，查初白耳，然亦不能望古人之項背。洪亮吉最賞識『足以烏孫塗上繭，頭無黃祖座中梟」二句，我八讀之只作三日嘔耳。

詩至清末，窮極矣，窮則變，變則通；於此而不加努力，將澌然而不返矣。所謂努力者，卽直追漢晉，而矯近代白話詩之頹風也；諸君其知所適從乎？倡白話詩者，自以爲運自西洋，不知中國古代早已有之。唐代史思明，夷狄也，其子懷王史朝義一日與高而吟曰：『櫻桃一籃子，一半青，一半黃；一半與懷王，一半與同贄。』鄙俚之極，可笑也！世有欲爲白話詩者，其當奉史朝義爲鼻祖。